Admiráveis mulheres

Antologia de contos organizada por Beatriz Santos

GERENTE EDITORIAL
Roger Conovalov

DIAGRAMAÇÃO
Juliana Blanco

REVISÃO
Walter Bezerra

CAPA
Lura Editorial

ORGANIZADORA
Beatriz Santos

Todos os direitos desta edição são reservados à Lura Editorial.

Primeira Edição

LURA EDITORIAL - 2019.
Rua Rafael Sampaio Vidal, 291
São Caetano do Sul, SP – CEP 05550-170
Tel: (11) 4221-8215
Site: www. luraeditorial.com.br

Todos os direitos reservados. Impresso no Brasil.

Nenhuma parte deste livro pode ser utilizada, reproduzida ou armazenada em qualquer forma ou meio, seja mecânico ou eletrônico, fotocópia, gravação etc., sem a permissão por escrito da editora.

Catalogação na Fonte do Departamento Nacional do Livro
(Fundação Biblioteca Nacional, Brasil)

Admiráveis mulheres / Lura Editorial – 1ª Edição – São Paulo, 2019.

Organizadora: Beatriz Santos

ISBN: 978-65-80430-14-7

1. Ficção 2. Feminismo 3. Contos I. Título.

CDD: 869.3

---

atendimento@luraeditorial.com.br
www.luraeditorial.com.br

Antologia de contos organizada
por Beatriz Santos

Admiráveis Mulheres

LURA
EDITORIAL

"Quando promovemos o empoderamento das mulheres, estamos promovendo uma série de mudanças. A luta é constante e diária, e começa com um NÃO. Não calar, não aceitar, não baixar a cabeça. Não podemos esquecer de onde tudo começa: dentro de cada uma de nós!"

MUDANÇAS INTERNAS
Flávia Queiroz

Sumário

Apresentação 09

A Dama do Fogo: Beatriz Santos............11

Cabine de sonhos: Christiane de Murville............20

O começo: Camilla Coelho............26

Quando eu me encontrei: Julia Celeste............33

O casamento: Évany Cristina Campos 40

O renascimento de Cecília: Fabiane Rodrigues da Silva 45

Recomeços: Daya Alves 51

Caixa 13: Luciane Raupp 57

Pilar - Melhor à distância: Wilne Castro............62

Frutas podres: Waal Pompeo............70

Final feliz: Aline Assone............77

A bailarina na caixinha de vidro: Tatiana de Conto............83

Vivendo de rótulos: Lorena da Costa............85

Delcides: Angela Garruzzi............88

Café expresso: Zélia Wenceslau 91

De dentro para fora: Veridiana Borges 98

Eu e a imensidão: Andrea Larrubia 105

O Mar e a vida longa: Lindevania Martins 112

A menina e o sari vermelho: Ana Cláudia Cardoso 115

As filhas do coração misericordioso: Shirlei Moura 121

Um corpo esperando o domingo: Nicoletta Mocci 128

O bolo: Rosemary Lapa de Oliveira 136

Viagem de trem: Ana Paula Del Padre 141

Alô 191!: Priscila Matos 145

1205: Dane Diaz 155

Três anos mais tarde: Juliana Guedes 160

A pele que habito: Aline Hortolan 163

Cida Cigarra: Cláudia Passos 166

As três Fridas: Lamara Disconzi 172

Seja meu escudo e eu serei a sua espada: C. Vieira 175

A mulher que encolhe: Ana Furlanetto 182

Mulheres guerreiras: Jéssica Rodrigues 186

Um grito de liberdade: Tauã Lima 192

Apresentação

POR: BEATRIZ SANTOS

Você já se perguntou o que significa empoderamento? E na sequência, empoderamento feminino? Pois bem, empoderar-se é o ato de tomar poder sobre si ou sobre algo, e logo temos a definição de que Empoderamento Feminino é o ato de conceder o poder de participação social às mulheres, e é a consciência coletiva, expressada por ações para fortalecer as mulheres e desenvolver a equidade de gênero. O poder sobre si própria, sem que haja um absolutismo ou uma regência sem nenhum domínio. O direito à igualdade social.

Neste livro você encontrará passagens de empoderamento da várias proporções e situações, medos que nós mulheres passamos em todo momento: no trabalho, faculdade e em casa, e muitas das vezes perecemos por não nos conhecermos melhor.

As mulheres precisam reconhecer que elas são capazes, para que possam começar a fazer mudanças. Perceba que a melhor maneira de conquistar o que queremos, é ir à luta, sem armas e sem violência, apenas com a nossa integridade. Tornando-nos iguais aos nossos oponentes de gênero. Tomando, assim, nosso lugar de destaque no palco da vida.

O lugar no qual você está e onde quer estar, sem contestação. Quebrar paradigmas prescritos por uma sociedade há muito retrógrada a nosso tempo. Onde mulher só deve lavar, passar, cozinhar e servir aos prazeres dos homens. Mas o mundo está em constante mudança e isso ficou no passado, assim como toda geração. A cada posteridade, isso muda entre nós mulheres, tendo em vista mais conhecimento, mais propriedade de si, respeito e liberdade de expressão. Isso nos torna seres diferentes de nossos antepassados.

Cada história tem uma protagonista com uma situação que deve ser vista para a nossa evolução.

"É importante frisar que quando empodera uma mulher, você muda o mundo. Espero que, em 20 anos, tenhamos menos batalhas e que toda mulher possa ser aquilo que deseja."

Mudar o mundo
Diane Von Furstenberg

A Dama do Fogo

BEATRIZ SANTOS

1990

Glória tinha apenas 5 anos e morava com seus pais, Nilton e Yeda, juntamente com seus avós, Antônio e Vera Lúcia, e também sua irmã um pouco mais nova, Graça. Moravam em uma cidade pequena onde todos conhecem tudo e a todos. Diariamente, Glória ia para a escolinha, onde ela amava ir.

Tinha uma professora atenciosa e vários amiguinhos para ela brincar. No Jardim da escola Pitutinho, havia um brinquedo de escorregar em que Glória e Graça adoravam brincar e logo no próximo ano, Glória não brincaria mais ali, pois iria mudar de escola.

A Pitutinho era o sonho de toda criança. Ali era um pedacinho do céu. Era época de transição de estação, na qual o inverno estava chegando e o outono estava indo embora. Havia dias frios e secos como também dias frios e molhados.

E naquela quinta-feira era um dia chuvoso com muitos raios e trovões. E Glória e Graça estavam em seu quarto com muito medo, a ponto de Glória cobrir a cabeça com o cobertor e não ter coragem de sair de lá. Gracinha, no entanto, não tinha mais aquele medo, sempre fora um pouco mais destemida; como dizem, a caçula é sempre mais espoleta, atoleimada, ou seja, atrevida.

Mas as meninas não esperavam que aquele dia fosse ficar marcado em suas lembranças para o resto de suas vidas. Vera e Antônio era um casal muito amável, eram bons avós e amavam aquelas netas como se não tivesse o amanhã, mas não se pode confundir amor com mimo. Eles faziam tudo juntos: lição de casa, ir ao mercado, inclusive brincavam de adivinhar na sala. Em tempos de chuva, eles faziam muito essas brincadeiras de adivinhar para que as meninas não ficassem com muito medo. Mas naquela noite, os avós chegaram tarde e foram tomar banho juntos. Porém, a chuva estava muito forte, com ventos que até assobiavam, e nesse momento, ele chegou.

Cabrummmmm...

O raio rasgou o céu tão forte que ricocheteou nos fios elétricos, afetando toda a casa de Glorinha. E com isso, quem estava perto desses condutores de energia como chuveiros, eletrodomésticos, tomadas, entre outros, recebiam uma carga do raio. E neste caso, os avós estavam no banho e a tragédia foi certa. Porém, sua mãe Yeda não tirou da tomada o computador em que estava trabalhando na sala. Ele entrou em curto e logo começou a pegar fogo na cortina que estava próxima o suficiente para alastrar tudo aquilo. E nesse momento de muita agonia, só restaram flashes não muito agradáveis dessa noite fria e chuvosa.

1999

Glorinha e Graça nunca mais foram aquelas irmãs unidas e amigas. E no colégio tomaram rumos diferentes: Glorinha passou a ser excluída por não expor o que sentia com sua timidez e por estar acima do peso. Graça, por sua vez, se tornou uma garota popular e por isso não tinha mais tempo para sua irmã. Em casa, os pais enfrentavam uma crise no casamento, e com a perda dos avós, a depressão quase derrubou Yeda. E Nilton, mesmo com sua paciência, já não aguentava mais essa condição sem mudanças. Então ele se foi, despediu-se das meninas e disse que tudo iria ficar bem, que era só por um tempo.

Passados alguns meses, as coisas não melhoraram e Nilton se interpôs, tomando a liberdade de internar Yeda e assumindo a custódia das meninas.

2008

Após o término da universidade, Glorinha passou a morar com sua amiga Ana em um apartamento, e trabalhava como recepcionista de uma grande empresa. Ela tinha a pretensão de prestar um processo seletivo para mudança de cargo, a fim de exercer sua profissão. Mas mal sabia ela que não seria fácil, e os obstáculos e rejeições seriam apenas o começo dessa jornada. E sim, passou por muitas situações difíceis, e mesmo assim não desanimou. Ana, sua amiga de quarto, trabalhava na mesma empresa, mas em setores diferentes. Ana por sua vez sempre orientava Glorinha e repudiava o que faziam com ela. Glorinha tentou várias vezes e as respostas sempre eram as mesmas, negativas. Naquela noite ela chegou em casa exausta, conversou um pouco com Ana e logo dormiu. Nesta mesma noite Glorinha teve um sonho, no qual estava em outra profissão, e acordou apavorada. Pensou o dia todo no sonho e pesquisou sobre o assunto, e então decidiu prestar um concurso para a polícia e assim seguir carreira como bombeira militar. Ana se chocou com a ideia, mas apoiou a amiga.

2011

Após Glorinha se estabilizar em seu novo emprego, sua vida mudou totalmente e, com isso, seu corpo também: eliminou cerca de 20 quilos e assim sua autoestima melhorou muito. Glorinha mantinha contato com a família uma ou duas vezes por ano, pois isso era o máximo que conseguia manter. Graça se manteve popular com seus amigos da universidade e marcou uma festinha em uma boate com seus amigos e sua namorada, Érica. A princípio, seus pais acharam estranho ter uma filha homossexual, mas depois se adaptaram com a situação. Graça já tinha fechado com a boate Madame Nigth, na Bela Vista, para a festa de aniversário de sua amada Érica. E pretendia fazer um festão como nos velhos tempos, com direito à pista de dança, bebidas, encontros e tudo mais. Glória trabalhava no serviço interno do corpo de bombeiros, e quase nunca saía para trabalho de campo, porém sempre se mantinha atualizada. Ela fazia parte de uma equipe de emergência para casos extremos.

Bruno Xavier era o seu superior no comando com seu adjunto Otávio Castro, e os demais integrantes de equipe: Isaac Moura, André Sanches e Glória Muniz, a única mulher da equipe. Eles formavam a equipe Dama do fogo.

Sábado 26 de Março de 2011

    A boate Madame Nigth, na avenida Brigadeiro, era um lugar bem requintado e não tinha nenhuma restrição de gênero. Gracinha adorou o lugar para a festa da sua namorada Érica e viu que estava ficando cada vez mais enfeitado, cheio de tudo que elas gostavam. Os amigos que chegavam já iam se acomodando. A pista de dança já estava no esquema, e o DJ se preparava para fazer a galera subir nas alturas. Todos estavam se divertindo, comendo, bebendo e dançando. Gracinha estava feliz com Érica, isso estava em seus olhos. Quando de repente uma fumaça começou a tomar conta do salão, Érica pensou que fosse uma daquelas surpresas de Gracinha, então, para não a magoar, não disse nada, mas o que ela não imaginava era que isso não fazia parte da surpresa, e quando percebeu já era tarde: o fogo já tomava conta e a fumaça estava insuportável.

    Luci, uma das amigas de Graça, puxou Érica a tempo de ser acertada por algo que caiu do teto; não soube dizer se era o forro ou algo do tipo, mas a tragédia estava feita. Os gritos vinham de todos os lados e as luzes de saída de incêndio pareciam não estar funcionando. O que era para ser uma festa celebrando alegria, estava mais para casa dos horrores, cheia de pessoas gritando, várias em chamas e apenas uma porta minúscula para tentar sair, até que o forro começasse a despencar e travasse a porta principal. Érica foi ao encontro de Graça e uma pilastra despencou. No escuro não dava para saber os danos, mas Érica chamava por Graça e ela não respondia. Enquanto isso, no departamento de bombeiros, um caos foi iniciado quando as sirenes começaram a tocar por todos os lados: chamadas para árvore caída, acidente de trânsito, mais um acidente em outra avenida de São Paulo e o incêndio da boate. A equipe Dama do Fogo já estava a postos, se arrumaram o mais rápido possível e cada um tomou seu lugar enquanto se orientaram com o que estava acontecendo. Os repórteres já estavam a postos, dando suas notícias, e assim que chegaram no local, Glória recebeu uma ligação que a deixou em choque, fazendo-a deixar cair o telefone no chão. Seu superior, Bruno Xavier — também chamado só de Xavier —, pega o telefone e termina a chamada, ao que se direciona a Glória e diz:

– Sei que está preocupada com alguém que está lá dentro e com um passado que pode vir à tona em sua cabeça, mas eu preciso que você se concentre no aqui e no agora, que seja a profissional que eu conheço, que foi a melhor aluna da turma. Consegue fazer isso, oficial Muniz? Essas pessoas que estão lá dentro precisam de ajuda e você faz parte dessa ajuda.

"Sim, senhor." E assim, colocaram o plano em ação para resgatar as vítimas da boate, porém, muitos empecilhos estavam contra aquele resgate.

Enquanto isso, lá dentro, as coisas só pioravam, e Érica não conseguia ouvir Gracinha após uma coluna despencar e vários destroços se espatifarem por todos os lados. Lá fora, os diversos bombeiros estavam na luta para cessar o fogo e manter os outros prédios fora de perigo.

A equipe Dama do Fogo ficou responsável para tirar os feridos de dentro da boate. Com a planta da boate em mãos, fizeram seus planos para entrar, porém a cabeça de Glória estava raciocinando a mil, como se ela tivesse atingido seu ápice de QI, e desta forma, formulou uma nova estratégia para entrar, mas todos os outros discordaram e ela manteve a obediência. Por outro lado, a tentativa de entrar pela porta da frente deu errado e ao ouvir os gritos de desespero ela não pensou duas vezes, e olhou para seu capitão que pensou em impedi-la devido ao espaço que não era suficiente para os demais membros da equipe, pois cabia apenas uma pessoa de estatura menos corpulenta e esta seria Glória.

O capitão não queria que Glória fosse sem apoio, e nesse momento ela se impôs e disse que não era mais importante ou menos importante na equipe, e que estava lá para fazer o seu trabalho. Assim, todos acenaram com as cabeças e se puseram a colocar o plano em ação. Glória entrou por uma janela minúscula do banheiro masculino, que se fosse há alguns anos, nem sua perna passaria e ouviria risos de algumas garotas estúpidas que se intitulavam "as poderosas", mas essa fase passou e agora quem estava no controle de tudo isso era ela, e não deixaria mais que ninguém dissesse o que ela era ou deixava de ser.

Nesse momento ela se concentrou no que estava fazendo, entrou pela janela do banheiro masculino e lembrou da planta que tinha olhado antes de entrar e logo se deparou com muitas pessoas feridas. Sua missão era chegar à porta para desobstruí-la, e como estava difícil manter as pessoas calmas, teve a ideia de estourar a janela pela qual entrou. Todos concordaram, então Glória evacuou a área próxima ao banheiro masculino e o capitão e os demais se desfizeram das janelas, abrindo um buraco na parede. Ao verificar que estavam em segurança, entraram com uma segunda mangueira para umedecer o local e começar a tirar as pessoas de dentro da boate.

Foi um resgate bem trabalhoso e delicado, mas a garra dessas equipes não desfalecia; foi um trabalho árduo até chegar à porta, mas Glória conseguiu e, com a ajuda de André, abriram a porta, acelerando o processo. Mais e mais jovens eram tirados da boate, uns com arranhões, outros desacordados, mas vivos, e outros infelizmente não conseguiram aguentar muito tempo... e nada de Glória encontrar a sua irmã, que há muito tempo não via e nem tinha contato.

Conforme os feridos saíam, eram levados para os hospitais mais próximos como Hospital Santa Catarina, Beneficência Portuguesa e Hospital Paulistano. As vítimas eram socorridas e de acordo com a sua necessidade, eram encaminhadas a esses hospitais.

Nesse momento de grande agonia para Glória, que não parava um minuto sequer para respirar, ela viu uma perna debaixo de uma pilastra e logo foi ao encontro. Ao atravessar com cuidado, se deparou com uma moça desacordada com o cabelo no rosto e quando o tirou, se deparou com Érica e, ao tirar a pilastra de cima da garota, percebeu que ela abraçava uma moça e solicitou outra maca. Ali estava ela, um rosto que jamais perderia na multidão, e como um filme, passou em sua cabeça a noção do quanto eram amigas e nem se deu conta de como perdera tudo aquilo. Em seguida, Graça abriu os olhos e, ao se deparar com sua irmã segurando a maca com aquele uniforme, esqueceu da dor que estava sentindo e começou a chorar e tentar falar o nome da irmã. Logo colocaram-na em uma ambulância, e ela a chamou pelo nome.

– Hum... hum... Glória é você?
– Sim, Graça, sou eu, como está se sentindo?
– Dói tudo... Mas eu quero te agradecer por me salvar.

A emoção rasgou o coração de Glória naquele momento e não teve mais palavras para falar com sua irmã. Liberou a ambulância para levá-la.

Enfim, quando aquele pesadelo acabou, Glória sentou no caminhão e desabou a chorar. Nunca imaginou que fosse realizar uma missão que relembrasse sua infância dolorosa, superar seu medo e salvar a vida da sua irmã e de tantas outras pessoas.

Dias depois...

Glória e seu batalhão receberam medalhas de Honra ao Mérito e por bravura em uma cerimônia com todos os batalhões presentes. Ao receber aquela medalha, estava mais que certa que o sonho que tivera há alguns anos era apenas um lembrete de que ela era uma admirável mulher, independentemente de onde ela quisesse estar. E a família estava lá, assistindo essa cerimônia, que para Glória, seria um marco em sua vida. Na semana seguinte, seu pai ligou, marcando um almoço em família junto com a equipe Dama do Fogo. Foi uma tarde agradável. Todos reunidos com apenas o propósito de serem felizes, independentemente de suas diferenças. Glória aprendeu que as diferenças devem ser resolvidas logo e não esperar um momento crítico. Aprendeu que confiar em si mesma e em seus extintos não era sinal de fraqueza, e sim de evolução.

Cabine de sonhos

CHRISTIANE DE MURVILLE

❧

Ana era uma jovem que fazia questão de andar bem arrumada. Com cabelos até a cintura, gostava quando a olhavam com interesse. Assim, sentia-se poderosa.

Mas, ultimamente, andava desanimada. Estava difícil sair da cama pela manhã e os dias pareciam não ter fim. Vivia sonhando com o final de semana e, se não arranjava programa com as amigas Bia e Fran, distraía-se na televisão e assaltava a geladeira, entupindo-se de doces, salgadinhos e refrigerantes. Imaginava que festas, baladas, passeios no shopping e distrações diversas conseguiriam afugentar o tédio que batia à sua porta. Onde estava a menina que fora no passado, encantada por tudo e sempre bem-disposta? Mas sua avó já lhe havia alertado que a vida era assim mesmo; aos poucos perdia o encanto. Ana observava a avó, que vivia em seus sonhos do passado sem estar, de fato, no presente. Será que seria tal qual ela no futuro?

Porém, Ana não ficaria curtindo mazelas, tinha que reagir. Logo, antes mesmo do final de semana, tratou de dar um pulo no barzinho, onde suas colegas costumavam se encontrar para matar o tempo e jogar conversa fora. Acabou entrando na onda do pessoal que se agrupava na calçada, na frente do bar. Bebeu além da conta e beijou um monte de caras dos quais não fazia a mínima questão de encontrar no dia seguinte. Apesar de se achar mais "alegrinha", voltou para casa arrastando os pés e com os sentidos anestesiados por conta da bebida ingerida. Necessitava de um bom banho para tirar de si o cheiro da noitada que havia impregnado sua aura.

Quando foi chegando em seu apartamento, topou com o vizinho esquisito. A garota olhou para ele com surpresa e desaprovação. O cara era jovem e, ao contrário dela, vivia enfiado em casa. Nunca saía com os amigos para se divertir. Então, o que fazia ele ali, de madrugada? Além do mais, ele precisava urgentemente tomar sol e se exercitar. Senão, que mulher se interessaria por ele? Ela mesma só queria saber de moços musculosos e boa-pinta, apesar de reparar em José.

José não deu bola para o olhar da vizinha, carregado de considerações sobre a vida alheia, e logo sumiu da vista dela. Tinha assuntos importantes a tratar.

No dia seguinte, contrariando as suas expectativas, Ana acordou mais deprimida do que nunca. Sentia-se fraca e enjoada. Observando-se no espelho, reparou nas olheiras e no olhar sem brilho, na celulite das coxas, nas gordurinhas aqui e ali. Será que seu corpo começava a definhar, manifestando de forma mais evidente o desânimo e o vazio de ideais que a invadiam? Teria que resolver isso. Porém, assim que deixou o apartamento, Ana desfaleceu, perdendo os sentidos.

Quando voltou a abrir os olhos, a moça se viu em um ambiente completamente estranho. Tinha a impressão de estar em um laboratório, com computadores por todos os lados.

Onde tinha aterrissado? Ela logo reconheceu a voz do homem que lhe estendia um copo de água e a ajudava a se reerguer.

Foi assim que Ana descobriu o que fazia José, enfurnado em seu apartamento. O jovem cientista tinha desenvolvido uma cabine de materialização de sonhos, que fazia uma varredura completa do campo eletromagnético das pessoas, identificando focos de desarmonia e pontos de interferências vibracionais que, conforme a localização e intensidade, apontavam doenças, desejos, medos, traumas emocionais ou pendências diversas por resolver. A partir dos dados colhidos nesse mapeamento energético, o sujeito na cabine via nas paredes ao seu redor uma realidade virtual projetada para ele sob medida, conforme as informações que carregava na aura. Ana compreendeu que a engenhoca do vizinho permitia a cada um viver virtualmente o que necessitava experimentar, ajudava a lidar com dificuldades, enfrentar medos, explorar possibilidades, além de oferecer a oportunidade de se aventurar nos sonhos mais loucos ou repetir exaustivamente inúmeros desejos. *Quem sabe pudesse resolver seu mal-estar*, refletiu a moça. Portanto, assim que recuperou as forças, sentou-se na cabine.

Ana não tardou a ver uma mesa cheia de doces à sua frente. Comeu até não aguentar mais. Estava gorda, mas depois faria ginástica para tentar recuperar um corpinho saudável. Também se viu trabalhando em um escritório de advocacia e, depois, em uma galeria de artes. Perguntava-se por que volta e meia fazia coisas que não a encantavam e minavam a sua animação. Na cabine, todo desconforto logo ficava evidente, oferecendo a oportunidade de pular para outra experiência. Por fim, Ana se viu rodeada por todos os caras que havia beijado na véspera. Como que ainda havia sinal deles em sua aura? Ela tinha tomado um bom banho antes de se deitar! Mas os sujeitos musculosos tinham deixado rastros profundos em seu campo de energia. Logo, não teve jeito, a jovem viu desfilar diante dos olhos, seus diversos relacionamentos com esses moços. E que sufoco! Difícil aguentá-los por mais de uma hora! Agora, ela via tudo com mais clareza. Até sentia os odores variados que cada um exalava, reparava nos olhares turvos, nos risinhos sarcásticos, no suor e na cara mais ensebada de alguns, compreendendo que essas informações, depois de um beijinho, vinham parar em sua aura. Pensando bem, não precisava encontrar um cara tão boa-pinta, mas tinha que ser limpinho e perfumado, e ter alguma grana. Nada de pé-rapado! Ana passou, então, a experimentar sonhos nos quais andava com gente endinheirada, moços que lhe proporcionavam jantares em restaurantes finos e passeios em carros bacanas. A garota nem queria mais sair da cabine de sonhos, pois sempre havia algum novo desejo a experimentar ao lado do parceiro de carteira recheada momentaneamente escolhido.

Coube a José arrancar a vizinha de seus intermináveis sonhos. Já era tarde e ela continuava ali!

– Você é como o gênio da lâmpada, faz as pessoas viverem seus desejos! – exclamou Ana, encantada.

– O gênio é você, somos todos nós – corrigiu o moço. – Cada um cria a sua realidade conforme o que carrega em seu campo eletromagnético. As pessoas são como diapasões, as energias se condensam nelas conforme o que têm de predisposição a atrair e manifestar, definindo o mundo que percebem ao redor.

Ana passou a frequentar regularmente o apartamento do vizinho, submetendo-se ao rastreamento energético na cabine e experimentando inúmeras situações. Logo compreendeu que não bastava encontrar um sujeito com boa aparência e grana para beijar. Precisava de um companheiro com quem conseguisse conversar, que fosse inteligente como o José. Mas depois de mais algumas experiências, entendeu também que não podia ser ingênua. Havia moços ardilosos e de papo doce que sabiam muito bem enrolar uma mocinha para satisfazer suas necessidades sexuais imediatas. E será que pensamentos também tinham cheiro? Ana começava a desconfiar que sim! Sentiu-se mal por ter pensado tanta bobagem sobre o vizinho cientista. Ela mesma não queria gente com pensamentos fedidos ao seu lado! Teria que aprender a perceber as intenções que moviam as pessoas. Senão, facilmente entraria numa fria e se decepcionaria.

Mesmo vivendo virtualmente essas experiências, quando saía da cabine, Ana tinha a nítida impressão de ter contracenado intensamente no cenário projetado à sua volta. Tudo lhe parecia tão real que ficava com a sensação de ter, de fato, vivido todas aquelas situações, além de guardar uma sabedoria relativa a tais vivências. Não se sentia mais compelida a assaltar a geladeira, sua percepção andava mais apurada e não poderia mais beijar sem amor.

Ana chamou as amigas para conhecerem a cabine de sonhos de José. Bia aproveitou para ir às compras. Experimentou diversos sapatos, roupas e bolsas de grife. Passou também na joalheria, de onde saiu com brilhantes ornando o pescoço, as orelhas, os braços e dedos. Deixou a cabine com o sentimento de ter esgotado suas necessidades de comprinhas. Afinal, não havia somente isso a fazer no mundo! Da próxima vez, exploraria outras possibilidades para si. Quanto à Fran, viajou o mundo. Sentiu o vento gelado do Alasca, atravessou o Saara, fez um cruzeiro no Taiti e tirou foto na frente da Torre Eiffel. Ficou satisfeita com o que viu, nem pensava mais em viajar. Até se sentiu um pouco desconfortável de viver passeando, com um monte de gente passando fome no mundo. Teria que começar a fazer alguma coisa para tornar a vida de todos mais leve e feliz. Chega de ficar matando o tempo no barzinho, muito menos ficar falando da vida alheia!

José acompanhava as experiências na cabine. Reparava que, conforme se perdia o interesse por certas coisas e se buscava outras, o campo eletromagnético pessoal alterava-se e, lentamente, cada um ia encontrando o que de fato fazia seus olhos brilharem. Ele também observava alterações em sua vida. Não queria mais viver enfurnado em casa. Passou a se exercitar e tomar sol diariamente, o que Ana logo notou. Mas se antes ela só queria andar com gente enturmada, agora não se importava se a vissem passeando no parque com José.

E que alegria estar com José! Os olhos de Ana brilhavam. Ela tinha aprendido a dizer NÃO a tudo que pudesse trazer desarmonia para seu campo vibracional, minando sua disposição e seu interesse pela vida. Sabia que tinha que ficar atenta ao que trazia para a sua intimidade, com o que alimentava seu corpo físico e seus pensamentos, que desejos nutria, com quem andava, com que projetos era conivente e se estavam alinhados aos seus ideais sagrados. Pois tudo, absolutamente tudo que fazia, pensava ou com o qual era conivente, deixava resíduo na aura e contribuía na materialização da realidade encontrada mais adiante. O gênio da lâmpada era ela! Logo, nada de entrar na onda dos outros e viver misturada com todo mundo. Tinha que ser ela mesma, seguir seu coração e o que a encantava, não o grupo. Ana descobria a magia e o poder liberados quando se é autêntico e verdadeiro. Descobria o que, realmente, era ser uma mulher poderosa.

O começo

CAMILLA COELHO

"Tira esse vestido ridículo!" Senti seu tapa arder em minha pele exposta.

Mais uma de nossas discussões são assistidas pelos vizinhos. Está anoitecendo, estamos no pátio de casa, e ele acaricia minha coluna com a palma da mão, de forma lenta. Chegando mais perto, me beija com seus lábios ressecados.

"Vamos entrar antes que futriquem mais", disse e abriu seu sorriso debochado. Quis cuspir nele. Mas só fechei a porta, enquanto uma plateia nos encarava.

Ao entrar em casa, a bagunça já não me preocupa tanto. O sofá tem um cheiro impregnado de mofo, e o chão continua com farelos de comida e pacotes de salgadinhos espalhados.

"Você devia ter feito faxina, amor. Isso tá um nojo." E foi até o banheiro. Ele não sabe — acho — que dou meu máximo para esse lugar ficar menos detestável.

Antônio se atira na cama e me observa enquanto arrumo as roupas para o dia seguinte. "Por que cê tá tão jururu, meu amor?" diz, levantando-se.

Aproxima-se, mexe nos fios grisalhos que caem no meu rosto, e me observa com seus olhos verdes, igual quando tínhamos uns 15 anos.

"Só cansaço", respondo, e Antônio é compreensivo ao beijar minha testa machucada por conta do empurrão de ontem.

Uma angústia toma conta do meu corpo ao lembrar dele chegando tarde e os braços fortes me segurando. Corro até o banheiro para despejar um líquido transparente na pia. Da torneira, o jato quente elimina qualquer prova de que eu tinha acabado de vomitar. *Eu preciso de um banho para me limpar também*, penso. Ouço Antônio resmungando para eu fosse deitar, mas era óbvio que ele dormiria primeiro, então me preparo pro banho.

"Catarina!"

Grita, e eu começo a me ensaboar. "'Catarina! Cê não tá ouvindo?"

Arrepio. Ele entra no banheiro, arregaça a cortina do box e fica me olhando, o rosto retorcido em fúria.

"Eu já tô indo…"

Nem completo a frase e sinto sua mão dura apertar meu pescoço. "Amor, é hora de dormir. Não consigo longe de você, Catarina."

E sorri. Afrouxo em suas mãos e desligo o chuveiro, mesmo ensaboada. Eu gostava da hora de dormir agarrada com ele, protegida… ou presa… Seja o que for.

Pela manhã, ao esticar as pernas, sinto minha bunda dolorida. Ontem, quase três da manhã, ele resolveu transar. Já entendo como funciona essa vida de casados depois de 40 anos juntos, e mesmo infeliz — às vezes —, sei que Antônio só cumpre seu papel de marido.

"Meu café tá pronto, Catarina?"

Fala perto do meu ouvido, o bafo matinal se espalhando com os beijos no meu pescoço. Sei que é seu pedido de perdão por ontem. Hoje, como todas as segundas-feiras da minha vida, desde que me aposentei, é dia de visitar a nossa filha. Pietra mora um pouco longe, e por isso acabo indo sozinha. Antônio reclama quando o convido, então não perco mais meu tempo. Vou até a parada de ônibus acompanhada dele, que está malvestido para um começo de semana.

"Adorei seu perfume", elogio, abraçando-o.

Antônio não responde e me puxa pela cintura. Permanecemos assim, e eu fico apertada entre seus braços até a hora do ônibus chegar. Quando embarco, o assisto entrar no boteco da esquina de casa, através da janela embaçada. Suspiro. Mais uma segunda-feira mesmo.

Agora, quase nove da noite, Antônio ainda não chegou em casa. A carne desfiada com quiabo deve estar fria na panela de ferro e meu estômago dói de fome. Confiro o relógio que confirma o atraso de quarenta minutos do meu marido. E depois mais quarenta, a ponto de eu estar quase indo dormir com fome.

"Catarina, Catarina, me ajuda!"

Não sei bem se ele chamava meu nome, pedia ajuda ou só enrolava as palavras. Quando vou ajudá-lo a entrar em casa, trancando a porta, confiro seu estado: a camisa molhada, os cabelos pingando suor e um cheiro de puta.

"A janta tá na mesa?" Senta-se e abre as panelas.

Tento não chorar quando vejo a casa imunda enquanto ele derruba comida na mesa com seu cheiro de prostíbulo.

"Não acredito, Antônio." Eu não penso, eu falo, como burra que sou. "Vem comer, Catarina, e cala a boca."

Sigo sua ordem, com vontade de dar uns tapas na sua cara. Mas como sei que é a mulher quem deve obedecer, fiquei calada.

"Amor, tenho que esquentar. Acho que tudo tá frio."

Ele ignora minha ideia e volta a se lambuzar. Pelo menos não reclama. Em silêncio, finalizamos o jantar. Eu, com uma sensação estranha dentro de mim, ao engolir cada pedaço da comida.

Terça-feira. O Sol atravessa as cortinas do quarto, e Antônio dorme com a barriga para cima, os joelhos meio dobrados e a carranca estampada no rosto com rugas. E mesmo assim é bonito e charmoso. Deve ser por isso que ainda chama a atenção das mulheres.

No banheiro, coloco a pasta de dentes na escova e me assusto quando vejo um rato escondido atrás da privada. Observo o quanto é pequeno, cinza e sujo. Fico vendo ele roer alguma migalha e jogo as coisas dentro da pia. De olho no bicho, saio devagar do banheiro e verifico se meu marido ainda dorme. Antônio ronca e baba no travesseiro. O jeito é me virar sozinha.

Vou até a cozinha e tento achar o maldito veneno. Reviro tudo, bato as portas e nada. Na área da rua encontro o pote, ao lado da única planta que temos, que inclusive, está quase morta. Preparo o veneno, deixando-o perto de um pedaço de queijo, na porta do banheiro. Escondo-me e fico assistindo, ansiosa. Considero-me estúpida, como se estivesse brincando de gato e rato, criando armadilhas para o roedor. Mas eu só quero matá-lo e seguir com a minha vida. É o que penso, com o pote em mãos, vendo Antônio babar no travesseiro.

O calor está fora do normal nesta quarta-feira. Vou até o mercado comprar melancias, mas minha força impede de trazê-las sozinha. O moço, um menino bem novo, me acompanha até em casa, carregando as duas num carrinho.

"Querido, pode deixar aqui que depois eu me viro", falo para ele, ao chegarmos na frente de casa.

"Posso entrar com você... as melancias estão pesadas."

O menino fala como se fosse óbvio, o suor na testa e a camisa grudando no corpo. Coitado. Não posso deixar que Antônio o veja.

"Não precisa. Pode ir."

Ele parece ignorar e tenta abrir meu portão. Engulo em seco. "Querido, por favor, vai embora."

Agora é minha vez de começar a suar.

"Se a Sra. prefere... É... hãã... por favor, não conta lá pro meu chefe? Eles não gostam... "

O interrompo:

"Garoto, não se preocupa. Vai embora, por favor."

Ele coloca as melancias no chão e sai empurrando o carrinho. Abro o portão e atravesso o pátio. Ao enfiar a chave na fechadura da porta de casa, Antônio me puxa pelos cabelos e me coloca sentada no sofá. A porta está meio aberta, as compras espalhadas no chão da sala e as melancias na rua. Sempre impulsivo, ele não pensa nisso.

"Catarina, o que um moleque desses tá fazendo aqui na minha casa? Hein?"

Sei que está irritado quando as veias do rosto parecem saltar. Não tem bafo de bebida e quando saí, hoje cedo, parecia de bom-humor. Nessas horas, a vontade de chorar aparece, mas me controlo.

"Antônio... amor... "

Um tapa e mais puxão de cabelo. Sinto raiva e queria ter força suficiente para bater nele como faz comigo. Mais um tapa.

"Cê vai ficar marcada dessa vez, Catarina, pra aprender a não dar trela pra homem. Ou cê achou que ele ia dar bola pra uma velha?"

Continuou falando, alternando entre os tapas. Paro de ouvir em algum momento, com o rosto adormecido e pensando no rato que envenenei ontem.

É quinta-feira e o queijo esmagado continua lá, cheio de formigas, no banheiro. O rato morto no lixo faz com que eu comece a chorar. É uma coisa ridícula e eu choro por horas, sentada na privada, com a lata de lixo e seu rato morto do meu lado.

Não consigo pregar o olho. Levanto, vou até a cozinha e pego o veneno que guardei atrás do fogão. Começo a chorar de novo, dessa vez de forma mais digna, sentada no sofá da sala.

O despertador não toca porque não trabalhamos mais, claro. Mas eu me levanto no automático, mesmo horário, pronta para arrumar a mesa do café. Hoje, eu e Antônio almoçamos fora porque é sexta-feira. Mas não quero pensar nisso.

Não troco o pijama, não lavo o rosto, não escovo os dentes e nem dou o beijo de bom-dia em Antônio. Mesmo com seu rosto tão próximo de mim e a vontade de ficar abraçada com ele até o final da vida, porque o final da vida é muito tempo.

Pego o veneno debaixo da cama e coloco para esquentar a água na chaleira. Essa tremia um pouco, acusando a água fervida, e o cheiro do pó de café deixou um cheiro delicioso. Perfeito para o último café da manhã do meu marido. Não vai mais arrotar à mesa ou limpar os dedos do pé, meu amor. Quero acordá-lo e gritar tudo isso na cara dele, mas continuo.

Com o filtro do café na chaleira, preparo o leite e a aveia que Antônio come antes do pão. Bato no liquidificador os ingredientes, e misturo o veneno ali, vendo os flocos se espalhando. Depois de pronto, despejo na vasilha mais nova e bonita.

Adoço e mexo. Sirvo o meu café primeiro e depois o dele, na sua xícara de sempre. Maldito, penso ao me sentar no sofá.

Seu chinelo se arrastando é o sinal perfeito. Meu coração aperta. Ele aparece na cozinha, sem me dar bom-dia ou reclamar de alguma coisa, e é como se eu já sentisse sua falta. Quando Antônio encosta a boca na colher cheia de mingau, quase levanto para pedir que jogue tudo fora. Eu imploraria seu perdão, porque é o amor da minha vida. Daí imagino o que aconteceria se eu desistisse agora: o mingau iria voar na minha cara. Não posso voltar atrás.

"Hoje cê caprichou. Conseguiu deixar essa papa com gosto bom."

Dá vontade de rir, mas não consigo com o copo de café quase caindo das minhas mãos trêmulas. Ele continua sorrindo, o queixo com um pouco de mingau, e falando o quanto eu era maravilhosa.

"Cê é a melhor esposa, Catarina. Quando quer, é a melhor."

Acho que ele diz mais alguma coisa, mas não entendo. Chego perto, e Antônio encosta as mãos geladas em mim. Sem qualquer sinal de que tinha entendido o que eu fiz. Senti um arrepio. O rosto de Antônio adere a um vermelho vivo e logo pula para uma brancura assustadora. O corpo treme, os olhos reviram-se, e mesmo com a boca escancarada, nenhuma palavra sai. Foram seis minutos até Antônio cair da cadeira, bem diante de meus pés.

E é neste momento, que posso experimentar algo novo: não sentir dor.

Quando eu me encontrei

JULIA CELESTE

A senhora era magra e baixa. Já tinha chegado à casa dos 75 anos e andava com uma certa dificuldade, embora não deixasse de fazer suas obrigações diárias. Morava sozinha, não tinha herdeiros. Poderia ser digna de pena por conviver com a solidão para quem via de fora, porém, estava habituada a estar sozinha. Tinha muito apreço por isso. Fazia parte do seu eu mais profundo, ou talvez um egoísmo, como queiram rotular.

Sua rotina sagrada foi quebrada através de um encontro com uma menina franzina em um corredor do supermercado. Olhando as prateleiras e anotando os preços em sua listinha, a idosa percebeu, olhando de soslaio, que um pequeno ser de vestido amarelo estava ao seu lado lhe fitando. De início, tentou ignorar e voltou a olhar o preço do arroz. Mas a criança não arredou pé do seu lado, fazendo seu olhar ser mais incisivo para a velha, como quem quer gritar "ei, não está me vendo aqui?". Decidiu finalmente encarar a criatura impertinente, com pouca paciência.

— O que foi? Quer alguma coisa? — Questionou a idosa.

— Preciso lhe comunicar que, de hoje em diante, preciso morar em sua casa para saber como você é de verdade.

— O quê? Por que eu deveria cuidar de você, criança? Não somos parentes. Quem é você, afinal?

— Eu sou você, oras. Não está se reconhecendo?

Com aquela indagação, a velha se sentiu confusa. A menina era mais maluca do que pensara. Só podia ter se perdido da família no supermercado e estava querendo pregar uma peça. A mulher foi atrás do gerente do estabelecimento para perguntar se alguma família estava procurando por alguma criança. O gerente falou que não, e funcionários relataram — quando questionados pela idosa — que a criança entrara sozinha.

Aquilo parecia ser a coisa mais surreal e bizarra que já havia acontecido em toda a sua vida. Uma menina que ninguém conhecia na vizinhança, sem parentes, alegava ser ela mesma no passado. E o mais terrível de tudo: a pequenina era a cópia fiel da velha na sua infância, por volta dos onze anos. Os mesmos olhos negros e grandes, cor clara, cabelos longos na cintura e tão magrinha que parecia até desnutrida.

— Muito bem... — falou a anciã, enquanto estava na fila do caixa. — Digamos que você seja eu no passado, e eu seja você no futuro, por que então você existe e está aqui? E o que você quer, afinal de contas?

— Ora, todos temos uma segunda chance. Eu sou a sua segunda chance. Fui enviada para viver a minha vida, quer dizer, sua vida novamente. Por isso, preciso estar com você para saber o que você fez sendo eu durante esses anos.

— Só posso estar ficando louca... A esquizofrenia me enlaçou e estou vendo coisas! Muito bem... Vamos para a minha casa. Pretende ficar por quanto tempo? Planejou algo? Tem alguma mala com roupas?

— Você é sempre preocupada assim em planejar as coisas? — Questionou a fedelha. Pensei que eu, no futuro, seria uma mulher mais tranquila... Não sei quanto tempo vou ficar. O que for necessário para a minha pesquisa. Minhas roupas estão aqui nessa sacola pequena.

Chegando à casa, a menina percebeu que o lugar era de uma cor só. Os móveis eram sem vida e não havia flores, nem quadros. A luz do sol não era bem-vinda; as janelas estavam fechadas. Tudo era muito organizado. Havia uma biblioteca que para a criança, parecia ser o lugar mais aconchegante da casa.

— Pensei que você gostasse de ter um jardim. Flores sempre trazem borboletas. Eu gosto de ver as cores delas... Você não se lembra de que gostava disso quando tinha a minha idade? — questionou a criança.

— Sim, eu gostava. – A idosa olhou para ela com desconfiança. — Ainda gosto, na verdade. Mas as ocupações durante todos esses anos me deixaram sem tempo de ficar pensando nisso. Tinha coisas mais importantes para me preocupar.

— Que coisas? Quando você tinha essa minha idade, se preocupava?

— Na sua idade eu me preocupei com algumas coisas. Gostava muito de estudar, então me esforçava para ser aquela que tirava as melhores notas. Não tinha muitos amigos... Só me lembro de que quando não ia bem nas provas, tinha crises de choro.

— Por que você se cobrava tanto?

— Não sei de verdade porque eu me cobrava tanto. Meus avós não me forçavam a nada, mas eu era muito competitiva. Acho que gostava de provar para o mundo como eu era capaz e inteligente. — Riu com amargura a anciã.

— Entendo... É bem provável que as mesmas circunstâncias que você viveu vão acontecer comigo, mas as minhas escolhas é que vão decidir o rumo que a minha vida, quer dizer, a sua, vai tomar.

— Você acha que sabe muito sobre a vida? Que pode escolher um futuro melhor para mim mais do que eu, criança?

— Não sei muito sobre a vida. Mas acho que até os mais velhos podem aprender com a gente, não acha? Quem sabe se você tivesse valorizado os sentimentos da criança que você foi, não estaria tão sozinha nesta casa...

— Quem disse para você que me sinto sozinha? — A velha falou com irritação.

— Ai, ai... Já vi que é teimosa e cabeça-dura como um coco. Já percebi isso em mim também.

As duas pararam um pouco de conversar para comer algo. A dona da casa era uma cozinheira regular. A velha era bastante metódica com as atividades do dia, e as refeições deveriam acontecer sempre nos horários determinados por ela. O relógio nunca saía do seu pulso e ela era escrava das suas tarefas. Pensou por um momento no que precisava fazer ainda e aquilo lhe deu uma inquietação. Mesmo estando aposentada, sempre existia algo para ser feito. Havia os pratos para lavar, a casa para varrer, roupas para enxaguar e os dois livros que ela estava lendo para terminar. E de quebra, havia uma menina que não parava de perguntar. A fala incessante da garota sugava toda a sua energia.

Na manhã seguinte, a criança continuou com sua entrevista:

— O que aconteceu quando você cresceu mais, tipo, quando virou mocinha?

— As coisas melhoraram só um pouco. Saía mais de casa para me divertir, mas ainda tinha poucos amigos. Ah, e estudava sempre. Mas isso me deixava feliz, não era um fardo.

— Eu pelo menos sou bem desinibida... Aliás, você era assim. O que aconteceu?

— Com o tempo perdi a confiança em mim mesma. Aquela coragem que tinha de fazer as coisas quando eu era da sua idade foi embora. Comecei a ficar no meu canto depois de ver que alguns colegas de classe faziam de tudo para rir de mim ou para me humilhar. Comecei a ficar desconfiada do ser humano. Era mais fácil com os meus animais de estimação.

— Ah tá... – ponderou a menina enquanto olhava para as rugas que a idosa ganhou com o passar das décadas.

— E quando você virou adulta, o que fez de bom? Qual profissão escolheu?

A senhora fechou os olhos como se quisesse lembrar dos acontecimentos.

— Eu virei pesquisadora e dava aulas numa universidade. Uma profissão de prestígio e de muita importância na época. Dediquei grande parte da minha vida para ser reconhecida no meio profissional.

— Pensei que toda profissão tivesse muita importância — declarou a pequena. — E isso a fez feliz?

— Ganhei um dinheiro considerável por um tempo.

— E o dinheiro lhe deixou feliz?

A mulher olhou para a menina com olhar sereno, sabendo que a garota cutucou uma de suas feridas.

— Por um breve momento, pensei que só ele já era suficiente... — Ela suspirou. — Na verdade, Minha Pequena Eu, fiz essa carreira apenas pensando na fama, no reconhecimento ou no fato de que as pessoas iriam ver como eu fiz coisas importantes.

— Nossa, eu não gostaria de me importar tanto assim com o que os outros pensam de mim quando eu crescer mais.

— Já está melhor do que eu.

— Não teve vontade de fazer algo que gostasse de verdade?

— Ah, mas eu fiz. Depois de muitos anos trabalhando, me sentindo incompleta e insatisfeita, redescobri a minha vocação. Aquilo que eu quis esconder por tanto tempo do mundo. — A idosa se levantou do sofá e serviu-se de um copo d'água. — Eu voltei a escrever. Desde a sua idade que sempre tive facilidade e prazer em escrever sobre várias coisas. Então, publiquei alguns livros e isso me deu realização.

— Isso mesmo! — Gritou a criança, animada. — Eu amo escrever! — E sorriu ao lembrar do último texto que escreveu em seu diário.

Ao cair da tarde, depois da criança brincar no balanço velho que ficava perto da janela da biblioteca, as duas se reuniram para ver as fotos antigas da idosa.

— Nossa, vou me tornar assim?

— Não gostou de ver como vai ficar?

— Gostei em parte. Eu vou ter um rosto simpático, mas que leva uma tristeza por trás dos olhos.

A anciã ouvia tudo em silêncio, enquanto passava as páginas do álbum.

— Você se casou? Conheceu o grande amor da sua vida?

— Hein?

A enrugada criatura de nome Leda não esperava por tal pergunta. Ninguém nunca se importou em perguntar.

— Não, não me casei... Amei alguém sim, mas não ficamos juntos.

— Por quê?

— Porque adultos são complicados. Se tudo fosse simples como quando eu era você... — Ela respirou fundo. — Eu o amei e acho que vou amá-lo pra sempre. Ele era meu melhor amigo. Mas eu coloquei sempre outras coisas na frente e nunca fui capaz de falar o que eu sentia. E hoje eu sinto muito por não ter lutado, por não ter vivido.

A pequena ouviu a história enquanto lágrimas escorriam pelo rosto melancólico daquela que poderia ser a sua imagem no futuro. Em nada questionou, apenas ficou meditando.

Quando anoiteceu, a criança arrumou suas poucas coisas na sacolinha de viagem. Aproximou-se da idosa e lhe deu um abraço.

— Estou indo embora. Preciso voltar para viver sua vida. Não se preocupe, o portal é aqui perto e a viagem é segura.

— O que decidiu fazer depois de tudo que lhe contei?

— Escolhi fazer diferente. Vou lutar para ser uma menina mais despreocupada, que aproveita as coisas boas da vida. Isso não quer dizer que vou me tornar uma pessoa irresponsável. Quero ter voz e ser independente; quando for a hora de trabalhar, quero trabalhar no que gosto e não pensar no quanto vou ser admirada por isso. Não quero ligar tanto para o que as pessoas pensarão de mim. E se for para amar alguém, que eu nunca espere demais para falar que amo, e que se estiver ao meu alcance a felicidade, que eu a agarre nos meus braços como faço com o nosso cachorrinho Zé quando quer fugir.

O casamento

ÉVANY CRISTINA CAMPOS

Aquele dia estava uma bagunça. Este era o primeiro pensamento que surgia na mente de Alicia sempre que via toda a movimentação frenética da sua família.

Ela já estava de saco cheio de ficar sentada vendo tudo aquilo e, por um momento, quase se arrependeu de ter aceitado aquela loucura. Sempre foi da opinião de que não precisava de toda aquela pompa. Mas aí se lembrava dos olhos castanhos e do sorriso de covinhas e suspirava resignada.

Depois de terminar de comer as frutas que sua mãe havia separado para seu almoço, Alicia subiu as escadas em direção ao quarto e viu o vestido estendido na cama. Era um modelo longo com uma grande fenda na perna, sem decote frontal, mas com uma linda abertura nas costas. O tecido era leve e suave ao toque. Os sapatos de salto eram bem parecidos com os que Alicia usava no dia a dia do escritório de advocacia, com bico levemente arredondado e altura média. Alicia era uma mulher alta, então evitava sapatos com salto muito alto.

Depois de um tempo, a cabeleireira que estava arrumando seu cabelo castanho-escuro apareceu no quarto dizendo que era hora de começar a maquiagem. Assim, Alicia apenas se sentou na poltrona e deixou que a moça fizesse sua mágica.

Enquanto a mulher realizava seu trabalho e seu rosto era pintado para parecer mais bonito, Alicia se lembrou de quando havia conhecido o amor da sua vida. Não tinha, de fato, uma história especial e cheia de emoção que deixaria seus convidados com lágrimas nos olhos.

Ela sempre se orgulhou muito de ser alguém comum. Estava de férias da faculdade, então resolveu viajar para o interior de Minas Gerais com algumas amigas mais malucas que ela. Estavam atrás de ares novos e aventuras.

Um dia marcaram de sair para um barzinho à noite, e foi quando esbarraram pela primeira vez. Depois aconteceram vários outros encontros casuais, já que uma das amigas de Alicia estava interessada por um rapaz daquele grupo.

Conversavam muito, falavam de tudo um pouco e, aos pouquinhos, seu coração foi se encantando por aquela pessoa. Alicia jamais pensou que se apaixonaria por alguém assim. No final das férias foi difícil se despedir. Por conta da distância de suas faculdades, não se veriam sempre e tudo o que tinham era o telefone e o Skype para matar a saudade.

No entanto, o namoro que começou naquele verão, durou. Mesmo morando em cidades diferentes, o amor cresceu e se tornou forte a ponto de Alicia estar ali, agora, fazendo algo que nunca pensou que faria: casar.

Quando a cabeleireira acabou de lhe maquiar e de fazer o penteado simples que Alicia havia escolhido, sua mãe já estava no quarto falando e falando sobre o próprio casamento com o pai da moça, anos atrás.

Depois sua irmã apareceu já trajada com o vestido amarelo que usaria na cerimônia e com o cabelo cacheado apenas solto. Assim como Alicia, ela não gostava de nada muito emperequetado. Nos pés, usava o All Star da mesma cor e sua maquiagem era apenas aquilo que ela dava conta de fazer sozinha: base, rímel e lápis de olho.

Assim que cabelo e maquiagem ficaram prontos, as três mulheres ajudaram Alicia a colocar o vestido branco. Ela não usaria véu, apenas uma coroa de flores brancas no cabelo solto que estava todo ondulado graças ao babyliss.

No momento que Alicia ficou pronta, sua mãe apenas se aproximou dela emocionada e pegou suas mãos.

— Nunca pensei que esse dia chegaria — confessou. — A verdade é que uma mãe nunca acha que verá um filho ir.

— Oh mamãe! — Alicia se abaixou um pouco para abraçar levemente a melhor mulher do seu mundo e apenas encostou os lábios pintados na bochecha da mais velha. — Eu te amo!

— Também te amo, minha filha!

Um pouco depois, foi a vez do pai de Alicia adentrar o quarto. Ele usava um terno palha e tinha os cabelos grisalhos bem penteados e a barba aparada. Sorriu para sua filha antes de se aproximar e tomar uma de suas mãos para fazê-la girar.

— Está tão linda, Alicia! Parece que foi ontem que eu estava te segurando nos braços pela primeira vez. — O homem disse, tão emocionado quanto a mãe de Alicia.

Ela também abraçou levemente o pai para não amassar suas roupas e o consolou.

Não podia negar que, agora que estava tão perto da hora, o nervosismo pareceu encontrá-la e tudo o que ela mais queria era descer logo e dizer sim.

Seu pai deu uma olhada no relógio e suspirou antes de olhar para sua eterna menininha e sorrir.

— Está na hora, querida.

Alicia sentiu o nervosismo aumentar consideravelmente e sorriu antes de pegar o buquê de lírios brancos que sua mãe lhe estendeu.

Ela e sua irmã saíram do quarto para que esperassem o início da cerimônia. Ouviu a música da entrada dos padrinhos começar e sabia que logo seria sua vez.

Alicia e seu pai desceram as escadas lentamente para que ela não tropeçasse no vestido longo. Foi então que ela a viu. Seus olhos se encontraram ao mesmo tempo e o amor transbordou por todos os seus poros.

Raquel havia se arrumado no andar de baixo da casa e estava simplesmente perfeita. Mas o que mais chamava a atenção de Alicia não era o vestido romântico ou o cabelo todo trabalhado, e sim os olhos esverdeados e brilhantes da mulher que havia roubado seu coração e lhe convencido a usar um vestido de noiva.

As mulheres sorriram uma para outra e se dirigiram para a porta da casa. Andaram pelo jardim de mãos dadas e quando os músicos começaram a tocar *Can't Help Falling In Love*, os convidados se levantaram e sorriram ao testemunhar aquele amor.

A juíza de paz iniciou a cerimônia e falou sobre o amor. Sobre a beleza desse sentimento que não escolhe hora, lugar, gênero ou classe. Falou sobre felicidade e sobre companheirismo. Sobre família e sobre amigos. Alicia e Raquel disseram sim e assinaram o documento que, para os românticos, autenticava que suas almas eram uma só.

Depois, as madrinhas e os padrinhos se aproximaram da mesa onde estavam as recém-casadas e, com palavras de carinho, derramaram dentro da jarra de cristal areias coloridas, representando como elas eram únicas assim como o desenho que se formava na jarra.

Ao final, os padrinhos voltaram a seus lugares e a juíza voltou ao centro do altar.

— Enfim, o amor verdadeiro é o sentimento mais puro que o homem pode alcançar. O amor não julga ou discrimina. Ele se fortalece nas pequenas coisas e se mostra poderoso nas horas difíceis. O amor nos aproxima de Deus. E é em nome do amor que eu as declaro casadas. Que sejam felizes! E as noivas podem se beijar!

Alicia sorriu para Raquel e arqueou uma sobrancelha provocativamente antes de puxá-la para o beijo que esperou o dia inteiro para dar.

Os convidados se levantaram e bateram palmas enquanto suas madrinhas jogavam pétalas de rosas brancas sobre suas cabeças.

E ali, naquele jardim, os convidados puderam presenciar os primeiros passos de Raquel e Alicia em direção ao resto de suas vidas.

"Como um rio que corre
Certamente para o mar
Querida, é assim
Algumas coisas estão destinadas a acontecer"

Can't Help Falling In Love
Elvis Presley

O renascimento de Cecília

FABIANE RODRIGUES DA SILVA

Eu precisava fugir. Precisava. Era isso ou eu morria. Já tinha pensando em milhares de outras opções, tentativas todas fracassadas. Ele estava atrás de mim, dos meus sonhos e da minha vida. Ele achava que era o meu dono, meu proprietário... e ainda dizia que me amava.

Conheci Raul no trabalho. Ele era um bom colega, não de muitos amigos... mas parecia ser um homem bom. Até então eu nem percebia-o muito. Contudo, certo dia meu chefe me assediou. Dizia que eu era uma moça muito bonita e que poderia ter "certas" vantagens se me relacionasse com ele, e isso me foi dito inúmeras vezes. Eu sempre recuei e relevei porque precisava do trabalho, até o fatídico dia em que meu chefe tentou me beijar.

Eu gritei. Gritei muito. Ninguém escutou, só o Raul. Desse dia em diante, eu soube que podia contar com ele. Podia, no passado. Acabei saindo do serviço e iniciei um namoro com o Raul. Ele continuou no trabalho, até o dia em que recebeu uma grande herança e não precisava mais daquela atividade. Resolveu investir em uma microempresa no ramo da alimentação.

E isso fez com que ele ganhasse muito dinheiro. Muito. E a partir dessa situação, agora meu atual marido começou a me dar muitos presentes e nossa vida ficou confortável. Minhas amigas me diziam que eu tinha muita sorte de ter um marido assim, que me amava, que me dava muitas roupas, joias, viagens... Tudo realmente parecia lindo. Tentei algumas vezes trabalhar na microempresa criada por ele, não estava acostumada a ficar sem fazer nada. Queria ter o meu próprio sustento, mas ele dizia temer que algum colega me assediasse novamente. No início achava que ele podia ter razão, só que com o tempo me dei conta que ele só queria me afastar de tudo e de todos, que eu fosse apenas dele. Dele e de mais ninguém.

Foi assim que, na véspera de ano novo, tomei uma atitude radical. Fugi. Esperei ele entrar no banho e saí com o carro, sem malas ou qualquer coisa que lembrasse a mansão dos horrores. Ninguém sentiria mais a minha falta, pois fiquei afastada de todos com o tempo. Não tinha mais amigas e meus familiares já estavam todos mortos. Era só eu e ele. Ele sentiria falta do seu bibelô de porcelana... do seu saco de pancadas. Porque a única coisa que ele sabia me dar era pontapés, empurrões... Eu não queria mais essa rotina. Como ele tinha se tornado esse cara tão cruel? Como?

Estava fraca, cheia de hematomas e até mesmo com algumas costelas comprometidas. Meu rosto também já não tinha mais o mesmo semblante de vida. Meus lábios não viam a cor do batom há meses e a única maquiagem do meu rosto eram os detalhes roxos.

Foi por isso que eu fugi, sem hesitar. Peguei o carro, mas chovia muito. Muito. Estava difícil de dirigir e ver a pista. Contudo, pensava que era melhor morrer do que viver naquela situação. Dirigi tudo o que pude, era correr ou morrer. Morrer. Será que eu morri?

Sinto que o carro parou de rodar na pista, meus olhos veem um amontoado de ferros estraçalhados e vejo que tem um bocado de sangue nas minhas pernas. Isso dói. Dói demais. Sinto que a perna está presa e não localizo a minha bolsa para pegar o celular e pedir socorro. Penso que vou morrer ali mesmo, na beira da estrada, em plena véspera de ano novo. Todos devem estar com a sua família, brindando o amor, a união e a magia de um novo ano repleto de esperança. A minha única esperança era viver. Boa parte das minhas coisas ficavam no carro. Como o veículo de muitas mulheres, usamos o espaço como "guarda-roupa". Ainda tinha sacolas de compras que nunca abri com roupas, bolsas e produtos de higiene. Deixava tudo alí para o dia que simplesmente precisasse. Nunca desejei o luxo, mas Raul achava que isso desculparia todas as coisas que ele fazia comigo.

Quando estou quase desistindo de continuar com os olhos abertos (minha cabeça parece que vai explodir também), vejo uma luz se aproximando. Será a polícia? Ambulância? Elas piscam sem parar.

Escuto uma voz grave, forte e ao mesmo tempo, tênue. Vejo o braço de um homem. Ele me alcança e pergunta se está tudo bem.

— Oi moça, me chamo Thiago. Como você está? Consegue me escutar?

Digo que estou consciente, mas que minhas pernas estão presas e minha cabeça lateja muito.

— Fica tranquila, estou aqui para te ajudar. Qual seu nome, moça?

— Cecília — respondo, trêmula.

— Não durma Cecília, aguente firme — respondeu Thiago. — Já, já você vai sair daí. Pedi reforços.

Agradeci com um balançar de cabeça, mas levo um susto com uma pergunta dele.

— Cecília, a senhora está grávida? — Perguntou o homem que me socorria.

— Sim, estou – falei rapidamente.

— Meu Deus, o caso é mais grave do que eu imaginava – disse ele, assustado.

Não sei quanto tempo demorou e nem o que foi preciso fazer para eu sair daquele carro. Imagino que deva ter demorado muitas horas, porque quando vi as fotos do acidente fiquei apavorada. No dia seguinte, acordei no hospital e, do meu lado, um homem estava ali. Gelei pensando que era o Raul, não tinha aberto os olhos direito, mas me alegrei quando vi que era um rosto diferente.

— Bom dia Cecília, sou o Thiago – disse ele. — Lembra-se de mim? Te resgatei a noite passada, no acidente.

— Sim — respondi.—Desculpe, não lembrava direito do seu rosto, eu sentia muita dor e estava em uma situação ruim. Desculpe... te agradeço por ter me salvado. Obrigada mesmo.

— Imagina, este é o meu trabalho — respondeu Thiago. — Há três anos faço isso, me sinto muito bem salvando vidas. Mas confesso que me comovi com a sua, porque foi bem familiar.

— Hum... como assim? Não entendi — eu disse.

— Bem... — continuou ele —, há três anos, minha esposa estava dirigindo na véspera de ano novo quando capotou com seu carro e.... Ela também estava grávida. Não resistiu. Nem ela, nem minha filha.

— Sinto muito — disse tristemente.

— Na época me disseram que o socorro demorou demais e por isso elas não resistiram. E foi por isso que larguei minha antiga profissão e resolvi ser socorrista, não queria que mais ninguém tivesse o fim da minha mulher e da minha filha. Confesso que fiquei muito abalado quando vi a sua situação. Ah, não avisamos ninguém da sua família ainda. Poderia dar algum telefone?

— Não – respondi apavorada — Não posso. Na verdade, estava fugindo.

— Fugindo? De quem? – Perguntou ele, curioso.

— Do meu marido – falei. – Ele era um cara maravilhoso, mas com o tempo e com dinheiro achou que era o meu dono. Me afastou de todos e me batia. Batia muito. Esses roxos aqui não são de acidentes, já estavam no meu corpo.

— Nossa, não imaginava isso. Ele bateu em você mesmo grávida? —perguntou Thiago, intrigado.

— Sim, mesmo grávida. Mesmo sabendo que eu poderia perder o bebê, nem mesmo assim ele mudou. Por favor, me ajude! Não ligue para ele, apenas me ajude — implorei para o homem que acabara de conhecer.

— Pode deixar Cecília, não vou deixar nada de ruim te acontecer. Te socorri na estrada e te socorrerei na vida – respondeu Thiago prontamente.

Os dias seguintes passaram lentamente, mas me recuperava bem. Thiago me trouxe boas novas rapidamente: falou com o pessoal do hospital sobre o que eu passava e as autoridades do local foram me escutar ali mesmo, onde eu estive internada. Raul seria enquadrado com base na Lei Maria da Penha, por violência doméstica, e eu finalmente teria paz e tranquilidade para viver e criar minha filha.

Sim, uma menina que vai se chamar Vitória. Também ganhei novos amigos, como o Thiago. Se não fosse por ele, eu nem estaria mais aqui. Eu renasci depois de anos vivendo na escuridão, e finalmente eu poderia comemorar um novo ano. Sem tormentos, sem violência daquele que um dia eu amei e me protegeu. Vida nova, renascimento.

Recomeços

DAYA ALVES

Fechei a porta de meu apartamento saboreando por vários segundos todas as sensações antagônicas que me dominavam; um misto de alegria e tristeza, coragem e medo, expectativas e ansiedades. Naquele exato momento, era para eu estar em minha viagem de lua de mel, mas optei pela "solidão" ao abandonar meu noivo no altar...

"Você só pode estar maluca". Foi a frase que mais ouvi de todas as pessoas próximas, incrédulas por minha decisão. Ninguém, por um único segundo sequer, perguntou se eu estava bem ou se precisava de algo, ou até mesmo os meus motivos para tal ato; ao invés disso, optaram pelo julgamento e palavras cortantes das quais não ouso nem reproduzir para evitar toda a dor vivida nos últimos dias.

Conheci Ricardo em meu primeiro dia de trabalho, em uma repartição pública de minha cidade. Era seu primeiro dia também e recebemos juntos toda a hostilidade dos funcionários veteranos; ele, por vir de uma "cidade grande", e eu, por ser filha do Zé da Farmácia e por acreditarem que eu tinha conseguido a vaga graças à indicação, e não por méritos. Foram dias difíceis para nós, acabamos muito próximos, o que fez surgir uma bela amizade. Esperava ansiosa pelo final do expediente e o momento em que caminharíamos juntos pela praça trocando confidências. Ricardo deixou família no Rio de Janeiro ao passar no concurso da prefeitura da pequena cidade de Mossoró. Segundo ele, faltava oportunidades de trabalho de pesquisador— sua real função — onde morava. Então, resolveu arriscar indo para a terra natal de seus finados avós. Mais tarde descobriria o real motivo, mas deixarei essa parte para depois.

Eu, moça do interior, tinha acabado de completar 18 anos, a sexta filha de uma prole de oito filhos, virgem e criada para se casar e ser mãe. Logo me encantei com o rapaz carioca, bonito e charmoso, de fala mansa e cheio de histórias. Ia trabalhar ansiosa todos os dias para encontrá-lo: passei a me arrumar mais, a me maquiar e ainda caprichava no perfume, mas a amizade continuou sendo somente amizade.

Enquanto isso, em casa, continuava a cacofonia ensurdecedora. Eu chegava e minha janta já estava posta no prato; o feijão de mainha era o melhor do mundo, o sabor e o cheiro era incomparável, mas desde criança não me adaptava aos barulhos constantes. Quando minha mãe percebeu que eu não conseguia me alimentar entre tantas pessoas— após achar que eu era portadora de algum distúrbio—, passou a me deixar comer sozinha em meu quarto e por lá eu ficava até a próxima manhã e, após o jantar, ficava perdida em meu mundo, enquanto criança, com meus brinquedos. Conforme ia crescendo, o gosto pelos livros foram surgindo e se tornando um bom companheiro. Ao me apaixonar pelo rapaz carioca, as músicas passaram a dar o tom sonhador de minhas noites.

 Minha casa sempre foi barulhenta: primeiro foram as brigas e os choros de oito crianças, já que minhas irmãs foram as primeiras a casar e sair de casa— para minha sorte— deixando o quarto só para mim, mas meus irmãos ficavam e traziam suas namoradas, depois os netos. Tinha tantos sobrinhos que não conseguia nem decorar os nomes. Nunca me adaptei àquela família, amava cada um em sua peculiaridade; cada irmão, irmã, sobrinhos, papai e mamãe, mas não trocava essa bagunça pela quietude de meu quarto e a companhia de minha gata Naninha. Por isso, mamãe estranhou quando sua filha tão quieta e reservada começou a sair noite após noite para fazer companhia ao falante rapaz vindo de outro estado.

 Ricardo gostava de barulho, de festas e muitas pessoas ao redor; justificava seu gosto pelo fato de ser muito solitário em sua cidade natal. Contou que morava só com a mãe e uma tia. Como não gostava de sair sozinho, eu acabava lhe fazendo companhia como amiga, esperançosa da amizade virar um algo a mais, e ia contra minha vontade, mesmo não suportando o ambiente, ansiosa por voltar para casa, mais precisamente para o meu quarto. Quando chegava na paz dele, após passar por um vendaval de familiares, tomava um analgésico para dor de cabeça e nem vontade de ler os meus livros tinha mais. Sonhava acordada e imaginava como seria ser beijada e acariciada por ele.

 Foram longos meses nessa mesma rotina. Eu pensava saber tudo dele e desnudava minha alma em nossas conversas; ele achou estranho o fato de eu preferir o sossego do lar, mas dizia que logo eu me acostumaria e que ninguém nasceu para ser sozinho.

 Mas uma promoção destinada a mim ameaçou desfazer nosso convívio diário. Eu seria transferida para a capital como coordenadora do setor de pesquisas do governo do Rio Grande do Norte; seria uma oportunidade única, algo que vinha buscando desde que comecei a estudar, minha total independência e a oportunidade de finalmente ter um cantinho para chamar de meu. Já Ricardo, vivia o oposto de minha situação: estava endividado, segundo ele, por enviar parte do valor que recebia para o custeio da mãe doente, além de estar pendurado no trabalho pelos constantes atrasos por suas noites de bebedeiras. Foi então que decidi me declarar, não podia partir sem falar de meus sentimentos. De forma surpreendente, ele retribuiu com o tão sonhado beijo, me fazendo ir às nuvens. Daquele dia em diante, não nos separamos mais, ele pediu transferência para a capital e partiu comigo. Meu cantinho tão sonhado passou a ser nosso e toda a solidão que gostava de ter, passou a ser preenchida pela companhia de uma pessoa agitada, falante e até inconsequente. Sempre era eu a responsável de livrá-lo de uma confusão nos bares e até mesmo no trabalho. As dívidas nunca cessavam até me ver envolvida até o pescoço. O nosso relacionamento foi virando uma união estável, quer dizer, estável na simbologia, porém, para não perdê-lo, abria mão diariamente de todas as minhas ambições e desejos, suportando todo o seu barulho, instabilidade emocional e financeira. Essa foi nossa rotina por longos anos, e com o passar do tempo, deixei de acompanhá-lo nas noitadas. Mostrava-me indisposta, passando a preferir o conforto de meu apartamento, e aprendemos a viver assim: eu no meu silêncio, ele no seu barulho constante.

Até o dia em que tudo mudou, minha indisposição se dava por uma gravidez indesejada pelo Ricardo; a pessoa que eu conhecia se mostrou indiferente à alegria que eu vivia, alegava que uma criança acarretaria muitos gastos e uma mudança radical em nossa vida. Minha família também não recebeu bem a notícia, diziam ser contra a moral a existência de uma mãe solteira uma vez que não éramos casados, e sim juntados. Meu pai exigiu o casamento urgente sob a ameaça de me deserdar. Ricardo rapidamente mudou de posição e marcou ele mesmo a data de nossa união; todos os dias chorava sozinha em meu quarto conforme a data se aproximava, pois, na frente de meus parentes, era o mais atencioso dos homens, mas por trás não escondia o seu desgosto por um filho a caminho.

No dia de nosso enlace, já vestida de noiva, com a barriga protuberante, ponderava sobre minha situação e tentava me convencer de que precisava dele. Como iria criar um filho sozinha? Como enfrentaria minha família? O telefone de casa tocou, uma voz melodiosa dizia que a despedida de solteiro de meu futuro marido tinha sido ótima com uma de minhas funcionárias, que ambos dormiam juntos há meses e que meu filho só vinha para atrapalhar os planos deles de viverem seu amor.

Como se a faca no coração ainda não tivesse sido o bastante, contou que não era o primeiro filho de Ricardo — ele já havia abandonado outro, segundo ela, no Rio de Janeiro, e o mesmo não pensaria duas vezes para fazê-lo novamente. Senti-me mal, muito mal, comecei a sentir fortes contrações e sintomas parecidos com pico de pressão alta; eu mesma chamei o socorro, só tive forças para deixar a porta aberta, antes de apagar.

Acordei já no hospital, corri a mão pelo meu ventre e fiquei aliviada por senti-lo ainda ali, mas minha alegria durou pouco. Logo fui informada que carregava um filho morto. Foram traumatizantes as horas que se seguiram, enquanto aguardava meu bebê ser expelido natimorto. De todas as dores da vida, nada superou este momento.

Assim que tive alta do hospital, Ricardo me procurou pedindo perdão, disse que havia bebido muito em sua despedida e não podia responder por completo pelos seus atos. Quando o questionei sobre seu filho, ele não desmentiu, porém, alegou tê-lo abandonado a contragosto, pois teve de sair foragido do Rio de Janeiro, devido a dívidas com agiotas perigosos da cidade. Disse que devia muito por lá, por isso que mandava dinheiro mensalmente, mas ainda não era o suficiente para quitá-las, caso um dia quisesse retornar para lá. Suas palavras não me comoveram, todo o encanto parecia ter se quebrado dentro de mim. Quando ele percebeu não ter surtido o efeito desejado, começou a apelar, dizendo não ter para onde ir, ter muitas dívidas e estar sem crédito na praça. Nada me abalou, foram anos colocando os desejos dele acima dos meus. Somente conseguia pensar no conforto do meu quarto, no silêncio de meu lar, no cheiro do chá de hortelã, em minha gatinha que finalmente poderia levar para casa, todos os discos não ouvidos e todos os livros não lidos. Enfim, priorizar tudo o que me satisfazia.

Parti, deixando Ricardo para trás, assim como familiares, que continuavam questionando minhas escolhas; meus próprios pais brigando e amigos me julgando. Desta vez, eu iria me dar valor, o valor nunca recebido da parte deles. Eu me bastava, coragem não me faltava. Ao chegar em meu apartamento, abri a porta com um sorriso de esperança na face, não sabia o que o futuro me reservava, e isso não me trazia medo. Por ora, só queria saborear o doce sabor da solidão, a qual só as pessoas que estão de bem consigo mesmas conhecem o valor.

Caixa 13

LUCIANE RAUPP

O supermercado estava lotado. Ana detestava aquele costume de empilharem produtos em promoção no meio do corredor. O sistema de ar-condicionado não dava conta do calor de fevereiro no paralelo 30. Mas era preciso ir, era preciso enfrentar. Ninguém faria isso por ela. Todos eram só cobranças. Leite de soja, grão de bico, quinua, amaranto. Pegou linhaça dourada, já que não encontrou a chia. Não queria se estressar: sabia que, naquele supermercado, funcionava sempre assim. Mas era o mais próximo de casa. Precisava pegar o leite desnatado sem lactose. Ficava perto do corredor do pecado. Sempre fazia a volta com o carrinho para não enfrentar aquele corredor da tortura. O grande movimento do supermercado, no entanto, não permitia tal manobra, a não ser que pedisse muitos "com licenças" e dissesse outra dezena de "muito-obrigadas". Teria até que sorrir, quem sabe. Preferiu enfrentar, era forte. Manteria o foco à sua direita.

O cheiro doce do corredor agrediu a sua disposição. Sabia que à sua esquerda estava toda a sorte de coisas que emporcalham as artérias, o fígado e o coração. Trinta segundos na boca e toda a eternidade nas coxas e na barriga. O cheiro de baunilha misturava-se ao do chocolate. Mas o aroma artificial de morango despertou-a. Não cairia naquele engodo novamente. As imagens retidas na memória daquele dia em que acordara entubada e perdida no hospital, sem parte considerável de seu estômago, eram a cera que vedava todos os seus sentidos para o canto doce do ser mitológico meio sereia, meio medusa, que habitava a gôndola da esquerda. Não podia olhar. Quando, afinal, avistou o leite desnatado e sem lactose, sua boca estava inundada de um perigoso mar de saliva, que precisava ser engolido junto com os seus muitos diversos desejos. Fechou os olhos e viu uma multidão de rostos prestes a explodir em sorrisos irônicos frente ao seu fracasso. Vencido o percurso das tentações e dos riscos iminentes à sua saúde, dignidade e boa forma, o que lhe sobrava era o gosto amargo do que foi sem nunca ter sido. Era preciso. Era preciso distrair-se com as cores dos hortifrutigranjeiros, mas o amarelo dos pimentões era um sorriso sem graça. Cumpriu, sem esbarrar em ninguém, a sua sina de colocar no carrinho a esquisitice do kiwi, a casmurrice da moranga, a antipatia da vagem e a hipocrisia do brócolis, amargura que tenta se travestir em flor. Era preciso engolir isso tudo. E ainda ficar feliz como um morango fora de época.

Dirigiu-se para a fila do caixa. Quilométrica, como previsto. Olhava para os carrinhos alheios, repletos de tranqueiras. Julgava as pessoas: todas elas magras. Bem mais magras do que ela. Injustiça. De mais a mais, ela morreria se alguma conhecida a pilhasse comprando guloseimas.

Chegou a sua vez no caixa. O anúncio luminoso mandou-a ao caixa de número 13. Ela fez um pouco de esforço para não desgostar. Já mirou mais adiante: faltavam empacotadores. No mesmo caixa 13, uma mulher bem jovem, de cabelos curtos e multicoloridos, vestindo uniforme de banco, e um senhor de óculos grandes e vidros daqueles que deformam a aparência dos olhos ainda juntavam suas compras o mais rápido que podiam. No caixa ao lado, no outro e no outro, a situação não era diferente. Todo mundo falava ao mesmo tempo. O barulho das reclamações misturado ao de sinais sonoros dos caixas, a irritou. Sentiu uma tontura. A pressão se alterava, ela sabia. Antes do supermercado, bateu ponto na hidroginástica e, para variar, não comeu nada. Respirou fundo, mas o cheiro que veio de brinde era nauseante: sabão em pó, pão quente, alvejante e peixe. A tontura era tanta que errou duas vezes a senha do cartão de crédito. Queria ser Moisés para abrir aquele mar de carrinhos à sua frente – só assim não esbarraria com muitos "ninguéns". Nem teve tempo de traçar um plano de defesa – ou seria de contra-ataque? Outra moça de cabelos curtos e multicoloridos trombou com ela, que bateu no senhor de óculos esquisitos, que quase atropelou um jovem executivo. Na confusão, os carrinhos das duas mulheres dispararam para longe. Ana foi rápida atrás do que lhe pertencia: só assim não precisaria olhar para trás, tampouco dizer qualquer coisa como "sinto muito".

Coração saltando pela boca, Ana jogou as compras no porta-malas do carro. Queria se tirar dali o mais rápido possível. Livrar-se da vergonha de ter fugido sem dizer palavra. Era grosseira, reconhecia, mas não conseguia fazer diferente. Queria flanar, educada, por todas as situações, mas trombava violenta.

Passou por dois sinais amarelos, quase raspou o carro no portão de casa. Abriu o porta-malas e chamou a empregada para que guardasse as compras, que ela não estava bem. Jogou-se no sofá e ligou a televisão. Qualquer coisa que a livrasse daqueles pensamentos. Os pontos pretos que enxergava eram uma ciranda de rodas descompassadas de carrinhos de supermercado. Queria apagar o incidente e a vergonha de sua postura, mulher mais que adulta que era. Foi quando a empregada a chamou. O que significava aquilo, Dona Ana?

    Sobre a imensa bancada de granito jaziam, desembrulhados, produtos estranhos àquela cozinha. A empregada perguntava se a Dona Ana estava bem; ela chamaria o filho mais velho. As imagens assomavam-se aos seus olhos, mas não encontravam eco de significado. A empregada insistia na pergunta, trazendo-lhe ao chão da realidade. Leite integral, farinha láctea, achocolatado, vidros e vidros de papinhas prontas, um bico cor de rosa, fraldas tamanho G, manteiga, queijo amarelo, caixa de bolo instantâneo, chocolates e balas. Não, aquelas não eram suas compras. Algum sátiro aliou-se àquele ser do mal habitante do corredor das coisas intocáveis. Foi ele quem colocara aquilo tudo ali. Ele que a queria gorda novamente, para ser fonte inesgotável de piadas. Uma enorme lata de biscoitos amanteigados despertou-lhe lembranças dos filhos pequenos, alegres migalhas enchendo de vida a casa agora inerte. A empregada falava ao telefone, pedindo auxílio ao filho de Ana. Ana abraçou a enorme lata colorida. Outras tantas cores passeavam na sua memória. Escorou-se na parede e deixou-se escorregar, para o desespero da empregada, que gritava coisas que Ana não ouvia. Ana não apenas rompeu o lacre da lata: ela abriu a anticaixa de Pandora. Estava tudo em ordem no céu de sua boca: o gosto de domingos ensolarados debaixo de árvores mosqueadas de sol. De roupas de todos os tamanhos secando ao sol. De cobertores estendidos no chão da sala aos sábados cinzentos. A força da empregada tentava lhe erguer do chão, falando em dumping e roubando-lhe do doce enlevo. A vida prática a chamava. Sim, o filho já ligou para o supermercado. A dona das compras foi identificada. Chegaria dentro de poucos minutos para desfazer a troca. A empregada se encarregava de empacotar tudo de novo.

    A moça de cabelos curtos e coloridos tocou a campainha. Os filhos pequenos — um menino e uma menina — espiavam do carro. A empregada atendeu, mas a moça fez questão de falar com Ana. Os biscoitos. Ana não sabia como dizer, preferiu fazer de conta que nada ocorreu. Mas a moça insistia e esperava na sala, ao que a empregada avisou. Não havia jeito: Ana enfrentaria o julgamento. Mas a moça adiantou-se. Meio sem jeito, confessou:

    — Está tudo aí, menos duas bananas – disse, reticente. — Sabe como são essas crianças quando encasquetam que querem uma coisa, né?

    Ana engasgou-se. Por baixo daquela maluquice de cabelo, havia algo. Algo que queria para si, a vida inteira. A empregada a olhava, inquisitora. O quadro com a foto do marido e das crianças a olhava. A apresentadora do programa que passava na televisão da sala a olhava. O elefante da mesinha de centro a olhava. Pediu um instante. Foi à cozinha e apresentou a lata. Pensou em culpar a empregada, mas a encontrou aos sorrisos com a moça na sala.

    — Pois é, aqui também faltam alguns biscoitos — confessou, engasgada.

    A moça esboçou um sorriso. Toda a graça de um sorriso de um ninguém estranho. Toda a saudade de um sorriso singelo. Num fio de voz, Ana, munida de toda a coragem, completou:

    — Sabe como são essas senhoras bariátricas... Que Deus as mantenha longe dos doces.

Pilar – Melhor à distância

WILNE CASTRO

A foto ainda estava lá, na página de um daqueles sites de encontros. Uma espécie de reino da pornografia. Os números de curtidas não paravam de subir, deixando para trás todas as outras fotos de inúmeras mulheres jovens e sedentas de atenção, elogios e desejos indecentes. A página era frequentada por homens de variadas classes sociais. Pela forma muito explícita, de escrever para expressar os desejos e promessas do que iriam fazer com a mulher da foto, ela percebia, mas não se importava se não tinham muito estudo. Ela sabia que eram operários de fábrica, pedreiros, mestres de obra, taxistas, caminhoneiros, raros os estudantes, mais raros ainda os universitários. A idade declarada por eles variava entre 20 e 60 anos. A maioria das mulheres das fotos variava entre 18 a 38 anos e quase todas eram da classe dita média baixa ou classe baixa. Nas fotos das outras, via-se que não havia preocupação com enquadramento, cenário nem com o vestuário. O que parecia interessar a elas era mostrar o corpo inteiro, ou partes como bunda, seios ou o sexo — que mesmo por trás de uma calcinha minúscula ou um biquíni de praia, que molhado, deixa transparecer uma vulva depilada.

Naquele dia algo iria mudar a vida de Pilar, que era uma médica respeitada de uma cidade conservadora do interior. Casou cedo, mas não teve filhos; não tinha plena consciência, mas era uma mulher que, apesar dos cinquenta anos, ainda era muito atraente, com estatura mediana, pele clara, cabelos castanhos que desciam até os ombros e uma postura sempre ereta — herança dos tempos de ballet — e chamava atenção pela cintura acentuada e pernas torneadas. Estava desencantada e despreocupada com esse aspecto mais feminino e sensual de sua vida. Sempre ocupada com o trabalho do Posto de Saúde da Mulher, parecia que, além das doenças ginecológicas, as queixas referentes às relações desgastadas por anos de intimidade e rotina amornava a libido de muitas pacientes e, inclusive, a de Pilar. Todas as noites preparava o jantar, comia e depois tomava banho, em seguida ligava o computador para pesquisar assuntos relacionados às patologias de suas pacientes; ficava navegando até Francisco chegar, ele sempre chegava mais tarde. Francisco era quatro anos mais velho que Pilar e trabalhava como advogado. Era um homem alto, moreno, atraente e mantinha uma forma física impensável para sua idade, e mesmo depois da faculdade, continuou sendo atleta de *Muay Thay* e ciclismo. Ainda mostrava muito vigor e amor pela vida, trabalhava com a mesma empolgação do início da carreira. Fazia tempo que a relação sexual estava mais para bons amigos, que de marido e mulher — não por ele, que de santo só tinha o nome. Francisco era daqueles homens sempre apto a satisfazer uma mulher, aliás, se não fosse advogado poderia ganhar dinheiro como *honey trap*, um verdadeiro "gourmet de porta-joias feminino", mas o problema era a rotina de ambos, que envolvidos com o trabalho e a necessidade de manter a estabilidade financeira de alto padrão, fez com que Pilar se distanciasse de sua vida privada e se voltasse quase que exclusivamente para suas pacientes.

Foi durante a viagem de Francisco que a vida de Pilar começou a revelar uma outra mulher diferente da médica responsável e mulher assexuada. Naquela noite chegou em casa, preparou o jantar e, como sempre fazia, ao contrário da maioria das pessoas, só depois de comer, tomava banho. Saiu do banho enxugando os cabelos, abriu a gaveta do closet e escolheu uma camisola de um tecido muito leve, quase transparente, que permitia ainda sentir o frescor na pele, e ao menor movimento deixava à mostra suas nádegas. A calcinha que vestiu era de algodão, bem como ela aconselhava suas pacientes usarem. Seus seios marcavam a camisola; Pilar era uma mulher sensual e não precisava se esforçar para agradar, porém não tinha o menor conhecimento do efeito que provocava entre os homens, estava apagada por dentro, levando a vida muito a sério Deitou na cama. Seu telefone celular estava no criado-mudo, e mesmo estando cansada, ligou o *notebook* para seguir as pesquisas quando viu, na caixa de mensagem, que Francisco havia enviado um "oi" há poucos minutos.

— Oi — respondeu Pilar.

Francisco devolveu de maneira carinhosa, como sempre costumava ser:

— Oi, meu amor!

Pilar, geralmente séria e até um pouco fria:
— Fala! O que foi?
— Nada demais! Tou com saudades! Tá vestida como?
— O quê?
— Tá com calcinha ou nua?
— Claro que tou com calcinha, que pergunta!
— Tira uma foto e me envia.
— O quê?
— Tira uma foto e me envia, vai, só uma.
— Não! Tá louco?
— Qual o problema? Faz uma foto e me envia. Quero te ver.

Sem saber muito bem o motivo, ela sentiu que algo diferente estava acontecendo. Uma sensação há muito não percebida. Sentiu que a ideia de tirar uma foto revelando uma parte íntima sua para um homem ver, mesmo que fosse seu marido, acelerou seu ritmo cardíaco; notou que os seios ficaram pontiagudos, quase furando a camisola. Levada por uma onda de excitação, levantou a roupa e, deitada como estava, pegou o telefone celular, ergueu levemente o quadril para salientar o triângulo formado pela calcinha, tirou a foto e logo enviou.

A calcinha de algodão marcava seu sexo, deixando-o dividido ao meio e revelando um botão protuberante que parecia ganhar vigor naquele instante. Pilar era do tipo que os homens chamam "capô de fusca" ou "dedo de camelo", pois mesmo sendo magra, tinha as coxas roliças e bem desenhadas. A cintura nunca perdeu a curva e parecia se acentuar ainda mais agora, quando ela completara 50 anos, com um corpo esguio e firme que parecia o mesmo de 20 anos atrás. Francisco ficou extasiado. Ele não acreditava que ela teria coragem para enviar a foto. Ela enviou e sentiu prazer com isso, e ele viu uma oportunidade: não perdeu tempo em estimular a mulher que há tempos parecia uma bela adormecida.

— Envia outra. Agora quero uma posição mais ousada
— Como é isso?
— Tira um pouco a calcinha de lado e deixa mostrar um pouco os pelos da concha.

Era assim que Francisco Ibarragaray chamava o sexo de Pilar. Sem pensar muito, puxou a calcinha e deixou aparecer mais que os pelos: ele viu o monte de vênus bem desenhado e exuberante, pelos pretos e aparados. Isso a excitou de maneira que a deixou um pouco nervosa, como alguém que está fazendo algo muito proibido. Assim foi por horas e as fotos cada vez mais audaciosas. Francisco se masturbou muito naquela noite e gozou várias vezes, como há tempos não fazia. Pilar, por sua vez, sentia-se desejada e tentada a pensar em situações que nunca antes se permitira. Ficou excitada a ponto de sentir desejo de fazer algo que nunca lhe passou pela cabeça e ela se interrogava sobre o que aconteceria se outros homens vissem as fotos. Como reagiriam? O que diriam das fotos? Excitaram-se como Francisco?

Na noite seguinte, ao chegar do trabalho, jantou, e como sempre, foi tomar banho depois. Repetia toda rotina, inclusive de escolher roupas leves e pôr o telefone no criado-mudo. A mudança estava na pesquisa, nessa noite a busca não recaiu sobre doenças, e sim em sites de encontros. Fez um perfil falso e entrou em um grupo aberto. Nessa noite, Pilar demorou a dormir, pensando em como faria uma foto interessante para outros homens. Não trabalhava aos sábados e acordou um pouco mais tarde com fome de tudo. Preparou o café da manhã e, enquanto comia, planejava como compor o cenário para novas fotos. Logo procurava tudo que podia usar. Encontrou no guarda-roupa um esquecido lençol de cetim que usou para forrar a cama, como se não fosse a que sempre deitava. Abriu a gaveta de lingeries e escolheu uma calcinha branca que ainda não havia usado. Era uma calcinha de número menor que o tamanho que geralmente usaria, e na frente tinha um detalhe de renda que dava um toque jovial à peça. Pilar estava excitada com a possibilidade de ter sua foto íntima vista por um homem qualquer. Deitou e posicionou a câmera de forma que ficasse evidente seu corpo dos seios para baixo, evitando que identificassem seu rosto. Uma perna ficou em cima e a outra, ligeiramente caída ao lado da cama, ficando assim um pouco aberta, e desta forma, era possível ver o início de suas nádegas. Fez outras fotos. Uma em especial deixou os homens em polvorosa. Pilar aparecia deitada em um divã forrado com um pano de cetim preto, trajava um conjunto de lingerie muito provocante que a deixava voluptuosa, mas o toque final de sua sensualidade não era o fato de estar deitada com as pernas abertas e levemente inclinadas para o lado, acentuando ainda mais sua cintura, e sim a gargantilha de falso brilhante que dava o toque perfeito para a composição do quadro inspirado na *Maja Desnuda*, de Francisco Goya. Quando subiu a foto, imediatamente os homens de plantão se manifestaram não só através de curtidas, mas principalmente através de comentários de aprovação. As fotos quase sempre eram inspiradas em quadros famosos, e os homens se excitavam muito, embora não entendessem a citação, o que mostrava seu interesse apenas pelo corpo da mulher fotografada.

São apenas homens, não importa a condição socioeconômica ou nível de educação, são homens. São apenas homens. O desejo se manifestava e gritava com palavras sobre os seios, as coxas, e o sexo oculto, um monte triangulado por baixo da calcinha.

— Gostosa. Quero te chupar. Maravilhosa

Ela sentia uma pulsação entre as pernas como se preparando para ser penetrada por uma daquelas línguas. Era gostoso se sentir observada e ao mesmo tempo não se deixar revelar. Pilar se sentia em uma vitrine, em que só ela sabia quem era e só ela podia ver os homens, mas eles jamais saberiam quem ela era. Todos a desejavam, e a cada foto enviada, ansiavam por mais. Pilar aproveitou para perguntar se eles elogiavam suas próprias mulheres. Eram muitos homens excitados com as fotos em que mostrava seu sexo através da calcinha e, sobretudo, de tangas minúsculas, algumas puxadas para baixo, deixando a impressão que iria tirar. Alguns homens se masturbavam e enviavam vídeos como um presente para ela, outros enviavam fotos de seus membros eretos saudando e dizendo o quanto ela os estimulava e os fazia sentir excitados. Todos queriam sua atenção. Ela os tratava como homens especiais e, por certo, muitos ali nunca haviam trocado intimidades com uma mulher tão culta e refinada, algo que perceberam pelo seu jeito de falar, tratá-los e posar nas fotos. Não demorou para começar uma disputa entre eles, situação que, de certa forma, a envaideceu e a estimulou a seguir no jogo de sedução. A todo momento os homens faziam contato, alguns começaram a dizer que estavam transando com suas próprias mulheres pensando nela, outros até diziam que há algum tempo não tinham sexo com suas mulheres, mas as fotos os estimulavam. Pilar lembrou das queixas de suas pacientes sobre as frustrações sexuais e começou a aconselhá-los a estimular suas mulheres das mais variadas formas, sobretudo fazendo jogos eróticos e sexo oral, permitindo vivenciar seus desejos com suas mulheres. Sem que eles percebessem, Pilar começou uma reeducação sentimental e sexual que revolucionou a vida de muitos homens que lhe respondiam agradecendo a melhoria da relação conjugal. No Posto de Saúde da Mulher, uma paciente lhe contou que o marido havia mudado, estava mais carinhoso, atencioso e, pela primeira vez em trinta e dois anos, teve preocupação com o prazer sexual dela; a relação não era mais automática e rápida.

Pilar também aprendeu com a experiência e percebeu que sua sensualidade reacendeu. Foi dormir sabendo que agora viveria sua sexualidade com plenitude, e não voltaria atrás.

Frutas podres

WAAL POMPEO

❧

Quando ela nasceu, lhe deram uma mochila. Era branca e vazia, pequena o bastante para se acomodar em suas pequenas costinhas e acompanhá-la em sua caminhada pelo mundo. "Conforme você for crescendo", lhe explicaram, "sua mochila ficará maior e colorida, da cor que você desejar."

Não demorou muito e sua mochila era cor de rosa, pontuada de estrelas e corações, recheada de bichinhos fofinhos e bonecas. E então ela quis colocar um bonequinho de super-herói, e lhe disseram que ela não podia. Aquilo, explicaram, não era coisa de menina. Pela primeira vez, sentiu sua mochila mais pesada, mas não soube explicar o porquê.

Aos 5 anos, a apelidaram de "louca". Era animada demais, e igualmente faladeira e espontânea. Não foi preciso colocar uma placa, o apelido correu mais rápido do que o vento e era como se estivesse estampado em sua testa. Mas ela não entendia, não compreendia, e muito menos não conseguia se ver como louca. Por que então todos a viam assim? Novamente, sentiu a mochila pesar em suas costas.

Crescer não é uma tarefa fácil, e para ela não foi diferente. Crescer foi ouvir muitos "nãos": isso não é coisa de menina. Isso não é atitude de uma mocinha da sua idade. Isso não é apropriado para você. Crescer foi viver com medo de fazer as coisas como queria e ter que ouvir dos outros que era louca, que era estranha. Crescer foi se sentir muitas vezes sozinha e perdida, como se ninguém pudesse gostar dela por ser do jeito que era.

Você fala alto demais.

Você mastiga de um jeito esquisito.

Você fala palavras impróprias.

Você usa roupas estranhas.

Você tem um cabelo esquisito.

Você tem orelhas grandes demais.

Você acha mesmo que algum menino vai olhar para você? Com tantas meninas de verdade e mais bonitas em volta?

Cada passo da sua vida parecia ser observado por olhos de águia, prontos para gritar e soar as buzinas ao primeiro erro ou deslize. A mochila pesada em suas costas servia como um alerta: vá devagar, o peso aqui é grande; e com isso, preste atenção a cada passo que você dá, e assim você estará segura.

Ela lutou contra a corrente. Gritou as músicas que gostava, mostrou os filmes que assistia, fez questão de deixar claro tudo o que a agradava. Em troca, recebeu descaso e zombarias, muitas vezes de pessoas que tinham gostos semelhantes, porém muito medo de assumir isso para o mundo porque alguém — que ninguém nunca soube quem — disse que aquela música era boba, que aquele filme era infantil, e que o "bacana" era outra coisa. E todo mundo queria gostar do "bacana" para não ser deixado de fora.

Ela nadou. Ela lutou. Ela tentou. Até que um dia ela também cansou. Cansou de viver sozinha, de viver à margem e viver chorando. Cansou de ouvir que deveria ser boi, e não boiada e ser deixada de lado, e assim, resolveu que iria tentar. Tentar gostar das mesmas coisas, tentar vestir as mesmas roupas e ser como todo mundo.

Mas havia algo nela que não conseguia ser igual a todos. Por mais que tentasse, havia algo dentro dela que gritava e que ela não conseguia calar. Ela era diferente, gostava de coisas diferenciadas e ela era feliz assim. Por que os outros não conseguiam ver?

Um dia, afinal, se cansou. Sentou no chão e sentiu as costas pesarem. A maldita mochila estava ali, sempre a segurando como uma âncora. Não importava onde estivesse, sentia seu peso. Se estivesse feliz ou se divertindo, a mochila a puxava para baixo. Era um lembrete de coisas ruins, que servia para fazê-la se sentir pior nos momentos difíceis e lembrá-la de que ela não podia ser tão feliz quando estava nos momentos bons.

E então, pela primeira vez, ela se permitiu analisar a mochila. Aquela mochilinha branca, que cabia perfeitamente em suas costas, hoje era cinza, manchada, e não parecia ter crescido tanto ao longo dos anos. Um odor horrível exalava dela, e uma gosma estranha pingava vez ou outra.

Tapando o nariz, abriu a mochila e sentiu o estômago revirar. Na última vez que a olhara, a mochila estava cheia de bichinhos e bonecas; agora, estava repleta de frutas podres. Tudo recoberto pela gosma azeda e por bichinhos nojentos.

Mas afinal, quem havia colocado aquelas frutas ali? E por que ela tinha que carregar essas frutas para toda parte?

Com cuidado, começou a tirar as frutas de dentro da mochila. Primeiro, um cacho de uvas murchas e emboloradas. Ao segurá-lo, conseguiu se lembrar de quando ele foi parar nas suas costas. Cada uma daquelas uvas era uma pessoa que havia lhe dado um apelido maldoso, ela sabia citar cada um dos nomes. Mas por que estavam ali?

Em seguida, vieram maçãs, e ela se entristeceu. Gostava muito de maçã, era sua fruta preferida. Algumas, até, estavam sujas de chocolate, do jeito que ela gostava, mas todas podres. E a cada uma que tirava, se lembrava de uma ocasião em que havia se repreendido, ignorado ou fingido não gostar de algo que gostava muito, por medo ou para fingir que era igual aos outros.

Aí veio um cacho enorme de bananas, e ela quase vomitou. Já não gostava de bananas, e vendo as frutas tão podres, cheias de bichos... era no mínimo asqueroso. E a cada banana, se lembrava de uma situação desagradável, das quais se submeteu para agradar os outros, para se sentir parte e se sentir "aceita".

O próximo foi uma caixa de morangos, desagradáveis e fedidos, cada um lembrando-a de uma ocasião em que havia confiado em alguém que depois a traiu, que a enganou e a machucou. Todos ali, juntinhos, expelindo bichos e corroendo tudo de bom que havia em volta.

E por fim, uma melancia. Uma melancia enorme, com a casca toda rachada e machucada, vazando podridão. E aquela melancia, ela viu: era ela mesma. Ela, em todas as vezes que se odiou. Ela, em todas as vezes que se boicotou. Ela, em todas as vezes que se traiu, se machucou e se fez acreditar que não era boa o bastante. Era ela quem ocupava quase toda aquela mochila, prestes a explodir, e que pesava em suas costas, puxando-a para baixo. Começou como uma sementinha, que foi crescendo e ficando mais forte a cada vez que fez mal a si mesma.

Naquele momento, chorou. Chorou e não saberia elencar a razão exata. Chorou por todas aquelas frutas podres que havia carregado por anos, e que agora que tinha consciência da existência, não queria continuar carregando, mas não sabia o que fazer.

"Enterre-as", uma voz lhe disse ao longe. "Enterre-as em sua mochila, para que adubem seu jardim".

Que ideia estapafúrdia. Não queria sequer seguir carregando a tal mochila, quem dirá com todas aquelas frutas novamente enterradas nela.

Decidiu que era hora de seguir em frente sem a mochila, e resolveu dar uma última olhada no interior, ver se havia algo que valia a pena salvar.

Ali dentro encontrou seus sonhos, aqueles que ela havia há tanto tempo esquecido, perdidos em algum lugar. Recobertos pela podridão, mas ainda assim possíveis de se restaurar. Encontrou seus desejos, seus brinquedos, CDs e livros que a fizeram feliz. Encontrou fotos de momentos felizes, dos quais nem se lembrava mais.

E bem no fundo, protegidas por tudo isso, encontrou as flores. Flores que ela nem sabia que existia ou que guardava ali, mas que lá estavam, seguras e cheias de vida, exalando um doce perfume que era capaz de encobrir o cheiro asqueroso das frutas. Cada uma daquelas flores, ela descobriu, era alguém que a amava, que a queria bem, que havia estado do seu lado. Muitas vezes, envolta no torpor da dor, não conseguiu enxergá-las bem, mas as guardou em segurança em sua mochila, e tudo o que havia de bom em seu coração protegeu as flores da podridão das frutas.

"Enterre-as em sua mochila, para que adubem seu jardim."

Entendeu o que queria dizer. Com cuidado removeu tudo de dentro da mochila, e com as lágrimas que estavam guardadas dentro de si, a lavou. Então, encheu o fundo de terra e pegou todas aquelas frutas podres, revivendo mais uma vez tudo o que havia lhe causado dor, mas dessa vez, com outros olhos. Olhos de quem conhece a dor, mas agora também conhece o amor.

Enterrou as frutas bem fundo na terra fofa, que logo ganhou vida. A terra, tão sábia, soube tirar de toda a podridão algo de bom e se fortalecer. E agora, cuidaria de suas flores. Flores essas que ela plantou com cuidado e carinho, sabendo que continuariam a embelezar e perfumar sua mochila, e tudo o mais que estivesse nela.

Guardou de volta seus sonhos, seus gostos, suas alegrias, e mesmo com medo, colocou a mochila de volta nas costas. Esperava pelo peso, mas o que encontrou foi a leveza. Parecia que não levava nada às costas.

No início, continuou seguindo com cautela, mas constantemente a esquecia. Sem a mochila pesada para lembrá-la de ter medo pelas experiências passadas, se permitia enfrentar o novo com mais facilidade. Depois de um tempo, havia dias em que nem se lembrava de que carregava a mochila. Vez ou outra, a sentia pesar um pouco, e sabia que era hora de parar. Parar para conversar consigo mesma e ver que fruta podre havia deixado entrar.

A mochila, para sua surpresa, começou a crescer. Crescer de sonhos, de fotos, de alegria e de flores. Tinha dias que era branca, em outros era rosa, às vezes verde ou azul. Seu jardim era grande e florido demais para ter apenas uma cor.

Junto com as estrelas e corações que a enfeitavam, colocou morcegos, varinhas, rosas e o que mais teve vontade. Pendurou na lateral um par de tênis, que acompanhou para todos os lugares, até os que as pessoas julgavam como impróprio para usá-lo.

Houve dias em que sua mochila esteve tão cheia, que ela temeu cair para trás, como uma tartaruga. Em dias assim, para a sua surpresa, a mochila vestia uma capa ou soltava uma série de balões. E então, juntas, ela e a mochila voavam por aí.

E foi em um dia desses, afinal, que ela entendeu. A mochila era ela, e quem decidia o que ficava lá dentro, era ela também. E desse dia em diante, as frutas podres viraram adubo, porque ela decidiu que só queria ser flores.

Final feliz

ALINE ASSONE

~

    Amanda desceu do táxi. Deparou-se com uma rua bem arborizada, de imponentes edifícios comerciais — daqueles que são todos espelhados e, dependendo do horário, podem te deixar cego, ofuscando toda a luz para dentro dos seus olhos.
    São Paulo é uma cidade que deixou Amanda encantada desde o primeiro momento; achava ser o pano de fundo para suas aspirações profissionais. Para uma garota vinda do interior, tudo era uma emocionante novidade: as chuvas de verão que insistiam em desabar todas as tardes, causando recordes de congestionamentos por toda a cidade, o cheiro da poluição ao anoitecer ou até dos lixos acumulados nas grandes calçadas. Sem falar na quantidade de pessoas com seus passos apressados pelo metrô, cada qual com sua história escondida por entre as estações.
    — Número 375, este mesmo! Vamos lá, Amanda! Só mais um passo para seu grande sonho se tornar realidade!

Ao passar pela porta giratória, ela quase se desequilibrou — com o peso dela, com seus sapatos de salto alto comprados especialmente para a ocasião, ou com os dois?! Parou, respirou fundo e pisou com o pé direito — *claro*, quem brinca com a sorte? — no piso em mármore *Carrara*, tão brilhante e elegante. "Bem *chic*", diria sua finada mãe.

O cheiro de café recém-torrado invadiu seus pensamentos, vindo da cafeteria localizada ali, no térreo do edifício. Ela adorava café, especialmente o recém-descoberto *expresso*, ou seria *espresso*?! Mais um bom presságio de que tudo estava se encaminhando para o tão esperado "Final Feliz". Como já tinha tomado um rápido café da manhã em casa, decidiu seguir em frente para não se atrasar, afinal não podia dar nenhuma margem para o azar.

Na elegante recepção ainda enfeitada com o tema natalino, um simpático atendente lhe pediu seu RG e tirou uma foto, pegou seu crachá e lá seguiu as instruções do recepcionista.

Crachá de número 737. *Muito bom*, pensou. E decidiu que não era uma mera coincidência de ser o mesmo número do *Rancho Feliz*, local onde seus avós e pais viveram em Minas Gerais.

A lembrança de sua infância veio em seus pensamentos. Acordar ao som de felizes passarinhos, tomar café com leite recém-tirado da vaca, comer pão de queijo quentinho preparado com muito carinho pela sua avó Eugênia, passear pelos pomares, subir em árvores, nadar no lago, tomar banho de chuva (e comer bolinho de chuva depois da chuva). Num relance, voltou-se para a realidade.

Subindo no elevador apertado, não conseguia conter a ansiedade e emoção de estar ali, a poucos andares de se encontrar com o seu destino. Uma agradável música clássica embalava seus pensamentos, talvez não quisesse que estes instantes passassem rápido, queria aproveitar e absorver cada segundo. *O que seria a felicidade senão um grande e elaborado quebra-cabeças da vida com estes pequenos pedaços de tempo?* Filosofou.

Num estalo, a porta se abriu para um grande escritório, e de longe dava para ver que estava em um dos arranha-céus mais altos da cidade. Alguns pássaros deslizavam por entre as poucas nuvens que pairavam sobre o ensolarado céu azul daquela manhã. De dentro, mesmo com o ar-condicionado gelado, dava para sentir a energia vibrante do sol de verão. Sua estação do ano preferida, pois os dias ficavam mais longos devido ao horário de verão, e ela sentia que as pessoas ficavam mais radiantes e leves nesta época do ano, como se pudessem sentir uma dose extra de otimismo ao despertar para um novo dia de vida.

Na entrada ficava uma exuberante recepção com um par de sofás de couro preto, simetricamente posicionados em cima de um aconchegante tapete xadrez, cinza e preto. Dispostos aleatoriamente, havia alguns livros de fotografia e uma cafeteira sobre um pequeno balcão, todo em madeira de lei escura — Nogueira podia chutar, se seu pai pudesse ver, saberia imediatamente qual era. *Mais uma peça do meu quebra-cabeças,* pensou.

Uma mulher morena, de meia-idade, veio ao seu encontro. Séria e decidida, fez uns telefonemas e pediu que Amanda a acompanhasse rumo à sala no final do corredor. Conforme iam andando, seu perfume doce embalava o ambiente, deixando o caminho mais charmoso e inspirador para Amanda. *Seria esta mulher, minha futura melhor amiga?,* imaginou.

Na sala, estavam reunidas mais duas mulheres, ambas vestindo um elegante uniforme azul-marinho com a logomarca da empresa bordado em frente ao bolsinho. Amanda sempre sonhou em trabalhar assim, em um belo e bem recortado uniforme. A decoração ali era mais simples se comparada ao hall de entrada, mas muito bonita aos seus olhos. Sentou-se em uma confortável cadeira almofadada para começar a entrevista. Em instantes, tudo se passou conforme havia imaginado.

— Ótima entrevista! Gostamos muito do seu perfil. Vamos entrevistar outras candidatas e te daremos um retorno positivo ou não ao final do dia por mensagem de celular — afirmou a mulher mais velha logo após acabar a entrevista.

Amanda se dirigiu à saída, apreensiva, tentando relembrar todas as respostas que havia dado para as mulheres. Não sabia como tinha se saído, pois já havia feito tantas outras entrevistas de emprego... sempre achava ter se saído bem, mas em todas havia declinado. Do fundo da alma, desejou que desta vez fosse diferente.

Ao descer por outro elevador — desta vez panorâmica —, pôde ver a bela e caótica cidade por outro ângulo e, mais uma vez, se encantou. Estava sozinha, mas tinha uma sensação de plenitude, como se estivesse acompanhada por ela mesma, mas muito mais madura e decidida — talvez ela mesma do futuro.

Jogou o crachá na catraca e saiu do prédio. Pronto, agora seu futuro "Final Feliz" estava mais próximo de chegar, já podia até sentir.

Na calçada, decidiu ir embora caminhando, aproveitando para conhecer as lojas, prédios e restaurantes daquele bairro tão interessante da cidade. Sempre ouviu falar desta região, mas nunca tivera a chance de conhecer pessoalmente. Agora era diferente, tinha o resto do dia para explorá-la e ainda melhor: em sua própria e única companhia!

Enquanto passeava por entre as ruas, avistou um restaurante de *fast food*; o cheirinho dos lanches fez seu estômago roncar. Fazia tempo que não tinha apetite, talvez as expectativas do novo emprego a deixaram ansiosa e lá se perdeu a fome. Mas agora era diferente, sentia fome de tudo, inclusive de viver. Foi ali mesmo que resolveu almoçar, uma vez que hoje era um dia especial, então podia sair da dieta e até arriscar um sorvete de sobremesa, sem culpa. Não que ela ligasse para isso, mas queria entrar naquele uniforme sem preocupação e vinha mantendo uma dieta mais equilibrada para isso.

Nas ruas, dava para ouvir o barulho dos trabalhadores que insistiam em quebrar o asfalto em plena avenida, e da mesma maneira se ouvia o som dos motociclistas que buzinavam apressados para realizarem seu trabalho, todos querendo quase que correr contra o tempo, como se isso fosse possível. O vai e vem das pessoas também tinha um som, que ela pôde perceber assim que parou para ouvir: o som de um relógio em descompasso, cada qual com suas batidas, rumo a um tempo desconhecido. E, no final do dia, cada qual estaria de volta ao aconchego de seus lares para desacelerar e recarregar as baterias para a exaustiva jornada novamente.

Alimentada, agora faltava uma coisa para satisfazê-la: passar na entrevista e finalmente ser mais uma no meio daquela multidão de pessoas com seus passos apressados. Desejava poder passar o tempo mais rapidamente, mas como esse feito (ainda) não era possível, decidiu aproveitar para explorar mais um pouco as redondezas.

Do outro lado da rua, avistou uma mulher em situação de rua, aparentemente muito nova, com seus dois filhinhos, sendo um de colo. Sentiu uma forte comoção pela moça; nem a conhecia pessoalmente, mas sabia que ninguém merecia passar por isso, aliás, a maioria das pessoas passavam por entre a calçada e quase tropeçavam neles, sem ao menos dar-lhes um olhar de compaixão. Pareciam estar hipnotizadas com suas próprias preocupações diárias. Procurou algum dinheiro em sua bolsa e ofertou a eles. *Por hoje teriam direito a uma refeição digna*, pensou.

Assim foi passando a tarde, com descobertas e grandes reflexões do seu mundo e do mundo à sua volta, pois nesta majestosa cidade, cada esquina tinha uma surpresa guardada esperando para desbravar. Podia imaginar as lindas peças que iria encaixar em seu quebra-cabeças no futuro, e ficava mais e mais ansiosa com isso.

Como sabia que no findar do dia receberia a tão esperada resposta, pegou o seu celular para checar se havia bateria suficiente e logo viu uma notificação de mensagem. Por instantes, sentiu um gostoso e aterrorizante frio na barriga. Seu "Final Feliz" estava ali, em seu bolso! Clicou imediatamente e pôde ler a mensagem:

Parabéns Amanda, você conseguiu a vaga de Auxiliar de limpeza e serviços gerais no Shopping Boulevard da cidade. Entre em contato agora mesmo com a Paula Albuquerque do RH para receber maiores informações.

A bailarina na caixinha de vidro

TATIANA DE CONTO

Depois dos pés rotos, a bailarina teima em dançar.

A bailarina vivia numa caixinha de vidro, protegida, onde todos amavam ver sua beleza imóvel. Com os pés fixos num eixo, ela girava toda vez que as cordas lhe permitiam.

Na caixinha, recebia alimento na hora que lhe davam. Sua única companhia era um cão fiel que até hoje não sabe como lhe permitiram adentrar a caixa, mas de fato, quando a corda estava por terminar, era o cão que lhe garantia o sono sem soluços.

Todas as noites havia uma plateia ávida para ver o que conseguia fazer mesmo com os pés fixos. Movia pescoço, cabeça, quadris e as longas madeixas, o que dava a impressão de leveza e soltura. Ela sorria e fitava todos da plateia de forma a hipnotizar, e ao fazê-lo, esqueciam que ela era uma bailarina que tinha os pés fixos.

De tanto mover-se em articulações, algumas estruturas rígidas dos pés foram se quebrando e, ao quebrar, não podia demonstrar o feito à plateia cativa e acostumada com sua beleza imóvel.

Limitada a uma caixa de vidro, não sabia ela do que era feito o universo, nem que o mundo era tão vasto e tão largo. Não sabia do vento, nem que quando ele passa eriça a pele. Não sabia que na lua cheia é possível andar na mata sem tropeçar por isso. Não sabia dos lobos que surgem quando o dia morre, que são predadores, que escolhem presas apenas para seu desfrute e deleite.

Ao apagar as luzes, ela saiu furtiva e não voltou. Ficou tão encantada que se perdeu no caminho. Quando as pessoas chegaram para o espetáculo noturno, encontraram a caixa quebrada, rompida, em cacos. Todos passaram a reclamar pela ausência de seu divertimento. Colocaram cães muito ferozes a rastrear seu cheiro e nada encontraram. Outros foram até a fábrica reclamar do produto e admirar uma série de bailarinas imóveis em suas caixas de vidro.

A bailarina da caixa de vidro existe somente quando alguém lhe dá corda, ou melhor, lhe permite por instantes que seja, viver.

Já nossa bailarina continua por aí, livre. Mesmo com os pés rotos nunca saberá que ela já dançou em eixo fixo, alegrou pessoas, foi comida de lobos e que rompeu uma caixa de vidro. Ela continua por aí dançando em solo irregular e você poderá encontrá-la em qualquer instante, basta olhar para seus pés que ainda guardam as marcas do rompimento da base fixa onde se encontrava.

Fim

Vivendo de rótulos

LORENA DA COSTA

Sara nasceu na primavera de 1984. Uma criança saudável, porém, aos 11 meses de idade foi acometida por uma meningite bacteriana, a qual deixou algumas sequelas em sua visão e seus membros inferiores. Seus olhos desenvolveram astigmatismo, miopia, hipermetropia, estrabismo. Seus membros inferiores tornaram-se uns maiores que os outros. Desde que passou a se entender por gente começou a sofrer com o bullying praticado, antes de qualquer estranho, pelos primos com os quais convivia diariamente. Chamavam-na de "zarolha", "jacaré-de-quatro-olhos", sempre arrumavam uma forma de inferiorizá-la pelas deficiências que tinha. Ao contrário do que muitos de seus parentes pensavam, Sara cresceu e desenvolveu muito bem, principalmente no que diz respeito ao intelecto. Não que ela fosse nota dez em todas as matérias da escola, assim, como a maioria das pessoas não são, porém, nunca repetira de ano e, aos 22 anos de idade, já havia concluído sua faculdade, mesmo tendo, ao longo de sua trajetória acadêmica, percebido que aquela profissão não era para si. Casou-se aos 30 anos de idade. Algo que, para alguns de seus semelhantes, jamais aconteceria, pois a julgavam como alguém burra e retardada, unicamente pela doença que contraíra. Aos 34 anos era mãe, esposa e dona de casa, e mesmo tendo nível superior de ensino, essa foi a vida que escolheu. Era amante de livros, então optou em fazer da escrita um ofício. Ao publicar seu primeiro livro, venceu a timidez que sempre a acompanhou, e saia pela cidade onde foi criada e abordava os turistas que encontrava pelo caminho, se apresentando e oferecendo-lhes sua obra-prima. Com cerca de três semanas, vendeu quase a metade do total de exemplares. Quando em sua casa acordava cedo, junto com a filha, não importava se os raios do sol ainda não tivessem apontado no horizonte. Até mesmo com fortes crises de enxaqueca em muitos momentos passava o dia quase que exclusivamente, aos cuidados da bebê, mas ninguém dos congêneres imaginava, para eles era mais fácil pensar que a criança correria grande perigo ficando somente aos cuidados de sua genitora e que a avó da criança deveria morar junto com elas. Suas primas mais novas e que conheceram a maternidade antes dela duvidavam que fosse capaz até mesmo de trocar uma simples fralda descartável, afinal, para suas tolas mentes, aquela moça, por ter crescido em uma cidade do interior, era tonta e desconhecedora de muitas coisas. Não entendiam que cada filho é único, que crianças não nascem com manual de instrução e que só a uma maneira de aprender a ser mãe: sendo. Por falar em primos e tias, se ela fosse levar em consideração, contaria nos dedos de uma mão só quantos gostaria que chegassem perto de sua pupila, afinal, muitos quando tiveram seus filhos, ela não pode nem se quer chegar perto, mas claro, esses eram alguns de seus familiares, sempre medindo os outros por suas próprias réguas. Que idiotas eles... Criaram crianças com tanto cuidado que alguns se tornaram verdadeiros "bichos do mato". Ninguém os vê, pois vivem a se esconder. O que dizer então daquelas tias madames e que se achavam sabichonas? A viam como alguém incapaz pegar um ônibus sozinha ou mesmo que não tinha noção do que era passar por uma recuperação cirúrgica. Não entendiam que ela era suficientemente letrada para andar de ônibus pelas cidades, se assim precisasse. Além de tudo, se necessitasse de procedimentos médicos, não hesitaria em seguir todas as recomendações que lhe fossem dadas. Existia ainda aquela que pensava que ela era tão burra a ponto de não saber usar uma faca para cozinhar... Coitada dela... Não sabe que nos afazeres do dia a dia sempre dá-se um jeito. Além disso, cortes, queimaduras e afins fazem parte da rotina de qualquer dona de casa ao menos uma vez na vida. E assim aquela jovem seguia, vivendo de rótulos que só os idiotas liam.

Delcides

ANGELA GARRUZZI

Estou sentada no banco do parque quando ela senta ao meu lado.

Primeiro... apenas senta... Fica ali, quieta como eu, sentada.

E então, fala:

"Estou tentando caminhar, pois faz bem... mas já estão doendo minhas pernas."

Acho graça e conto que também tenho de fazer caminhadas e que eram recomendações médicas.

Ela continua:

"O médico também me disse para caminhar... disse para ir nos parques, conversar com as pessoas... Mas eu tenho medo de falar com as pessoas. A gente nunca sabe com quem está falando"

Confesso que inicialmente não tive vontade nenhuma de conversar. Apenas queria estar ali, quieta, olhando a natureza em volta, sem ninguém por perto... Então me limitei a sorrir.

Mas ela continuou:

"Antes não se tinha tanto medo das pessoas, não é mesmo? Mas é claro que existem pessoas más e boas também."

Daí o assunto começou a se desenrolar...

Concluímos que o fato de ela morar na roça ou eu em uma pequena ilha, nos oferecia este olhar... Ali, "aparentemente" sabíamos quem era o malvado e quem era o bonzinho, mas agora tínhamos uma multidão à nossa volta.

Então, no meio do assunto, descobri que ela havia sido cuidadora.

Um de seus "cuidados" tinha esquizofrenia.

Ele acreditava muito nela. Teria sido diagnosticado com esquizofrenia aos 30 anos. Ela cuidou dele por cinco anos, a partir de seus 49.

Às vezes, quando chegava, o quarto dele estava pegando fogo, e não dava para ninguém entrar. E ele estava lá, apavorado, sem conseguir sair no meio das chamas.

Então, Delcides dizia que apagaria o fogo com ele, e em pouco tempo aquele fogo imaginário já estava extinto.

Ele acreditava nela. Tinha confiança em seus cuidados.

No início ela nem tirava férias, mas ficou claro que isto não era possível.

Só quem entende o que é ser cuidadora podia compreender o que ela estava querendo dizer. Assim me relatava.

Desta forma, ficou estabelecido que tiraria um mês de férias dali pra frente. Neste período, a esposa dele o assistia. Levava o seu trabalho pra casa e ficava ali, com ele.

Foi assim que durante um de seus meses de férias soube que ele estava internado, e para lá foi rapidamente. Soube que ele deixou de comer e de beber água, e assim enfraqueceu.

Foi visitá-lo no hospital e ficou muito triste com a situação de fraqueza na qual ele se encontrava.

Por que ele não quisera mais comer? Por que ele escondeu que não comia de sua esposa?

Conversou com ele e foi para casa. Dois dias depois, soube que ele havia falecido.

Isso a entristeceu profundamente.

Contou-me que ela havia sido cuidadora de outras pessoas, mas que ele havia sido o último.

"Talvez eu não devesse ter saído de férias. Ele confiava em mim."

Disse a ela que, talvez, mesmo que ela estivesse por perto, ele poderia ter parado de se alimentar. Que ela nunca ficaria sabendo disso...

"Sim... pode ser realmente", ela me disse.

Ficamos quietas novamente por um bom tempo.

E então ela mexeu em sua bolsa, uma sacolinha com alguma coisa que trazia consigo... pareceu-me ansiosa.

"Como é o teu nome?", perguntei.

"Delcides."

E eu disse a ela:

"Delcides, você fez algum curso para ser cuidadora?"

"Não. Aprendi cuidando. Além dele, cuidei de mais 4 pessoas. Ele foi o último. Nunca mais cuidei de ninguém."

E levantou.

Levantei também e ela me olhou com lágrimas nos olhos.

"Vou dizer ao médico que tive coragem e hoje conversei no parque."

Suspirei bem fundo.

Abracei-a bem forte... ela retribuiu e partiu em direção ao portão do parque.

Delcides não sabe, mas falando comigo no parque, exerceu o seu trabalho de cuidadora... E me transmitiu o carinho que eu precisava naquele momento.

Café expresso

ZÉLIA WENCESLAU

No fim do dia, convidei Eugênia para tomar um café após a sessão de terapia, em uma disputada cafeteria que havia próximo ao consultório. Porém, Eugênia, minha terapeuta, não aceitou o convite. Não era ético, não éramos amigas e ela não veio. Diante da recusa, fui levada a esmo a um moderado surto de divagações e alucinações, que persistiu por dias seguidos, levando-me a faltar em inúmeras sessões de terapia. Tempo depois, eu ainda sedenta por um encontro com Eugênia fora dos portais da fatídica ética, insisti e convidei uma outra pessoa que vi surgir diante de mim, no dia em que retornei à terapia. A mulher que surgiu saiu de dentro de Eugênia, um corpo que se descolou do outro corpo. Eu não a conhecia. Exuberantemente linda, diante de meus olhos... Tremi e temi, mas não hesitei em fazer o convite. Temendo a resposta negativa, meu coração corria feito louco dentro do peito, eu quase sem controle, boca seca... falei com os olhos.

Convidei essa segunda pessoa, que olhou para dentro de si, consultou apenas seus íntimos desejos e, percorrendo seus olhos no horizonte estático das possibilidades, sorriu-me em resposta, dando-me um *sim* subjetivo, e sem saber ao certo com quem eu tomaria uma xícara de café, chamei-a de Carmem.

E Carmem veio.

Carmem era uma mulher dada ao histerismo, traços finos, uma beleza espremida para caber nas vestes, de extrema inteligência, ar de mulher arrogante e metida, de fragilidade grande, mas totalmente escondida. Mulher de extremos singulares, medida apenas por palmos de mãos, extremamente dócil e, aos extremos, agressiva. Racional e lógica, lógica e severamente compulsiva, dada às ciências e nas emoções, apenas nos campos das evidências, aos quais ela pudesse dominar desde que não fossem arbitrárias, contrárias ou que lhe causassem ameaça. Uma mulher desconfiada, controladora e por vezes manipuladora. No ápice da histeria, não media palavras e nem palavrões e uma vez apaixonada, virava louca desvairada e posseira das razões.

Nosso primeiro encontro foi em uma cafeteria, no dia seguinte ao convite aceito, a quase 20 km de distância do consultório. Eu cheguei primeiro, assentei-me à mesa, e em seguida, uma vislumbrância em pessoa adentrou e veio assentar-se comigo. Eu estremecia, mas ignorava e escondia, pois, aquela mulher jamais poderia saber que me enlouquecia tanto. A mesa logo transformou-se em confessionário e, para mazela do meu ego, antes mesmo das xícaras serem postas, o veredito estava confirmado: a aliança usada por ela fazia sentido e Carmen era mesmo casada. A resposta veio a partir da minha pergunta, pois eu observava suas mãos desde o início das consultas, porém não podia perguntar, mas agora, com Carmem sentada comigo para um café, não hesitei. Era um nó — sim, um casamento seria um nó —, porém o nó maior surgiu ao longo da conversa, quando confirmou que já faziam longos 15 nós de raízes matrimonias com outra mulher, que nunca vi gorda ou magra, cujo nome era guardado a sete chaves, junto com outras centenas de segredos. Eu tinha vasta curiosidade em saber como era o casamento de Carmem e quem era a outra mulher que talvez não lhe proporcionasse mais as anuências do sexo, ou romantismo, ou a outra não deixasse por ela ser controlada... enfim, nunca soube nada sobre a mulher traída. Talvez estivesse recebendo o troco, a vingança ou a justiça de Carmem. Meu pensamento era livre, porque em centenas de tentativas jamais cheguei nas margens do nefasto rio do relacionamento matrimonial de Carmem. A medusa agia com poderio absurdo, mudava o curso da minha curiosidade, sem que eu percebesse. Ela, no entanto, não se dava ao cuidado nem para acalmar minhas dúvidas e eliminar minhas inquietações. Eu, com a permissividade escondida atrás da educação, não perguntava, nunca perguntei, tinha medo de saber o tamanho das raízes fincadas ao longo dos 15 anos. E a cada passo, a cada encontro, eu ia me eliminando, me contraindo, me limitando. No espelho, me via encoberta, escondida, não revelada, a que não existia. Eu agora era a outra, a amante, a filial, a segunda. A autoestima ia se esvaindo todas as vezes que acordava sozinha e não podia chamar por Carmem, apenas chorar silenciosamente, porque o amanhecer junto com Carmem nunca aconteceu. As minhas crises eram somente minhas, silenciosamente minhas. Porém, o casamento de Carmem não era da minha conta, não fazia parte da minha história, não era minha vida. Meu papel, embora subentendido, havia ficado bem claro neste suposto e intrigante caso de amor. Eu talvez fosse simplesmente o sujeito, para mover a monotonia e a desgraça do dia a dia do enlace de Carmem com sua companheira de vida, da qual nunca soube as razões do motivo do adultério de Carmem. Com o tempo, tornei-me inquieta, logo o que havia de pior em mim emergiu, piorando ainda mais minhas inquietudes. Era uma reação um tanto quanto vingativa, afinal, a situação me tornara inferiorizada, egoísta, e às vezes perversas. Eu torcia pelo desfecho, pelo término do casamento, pois como eu iria casar com uma mulher aliançada? Nem para fazer sexo Carmem retirava as alianças, dizia ser apertada. Eu via o gesto como sinal de amor, talvez um amor cansado e desgastado, mas eu via um sinal de amor entre Carmem e sua companheira. Carmem se despia toda, ficava completamente nua, mas não se despia da aliança de casada. Às vezes me sentia humilhada e frustrada. Carmem era Carmem na carne e no desejo, uma nuvem de fumaça que se esvaía no final do café quente.

Ela não estava ao meu alcance, e por sua desvairada arrogância, não se permitia ao alcance de ninguém.

A partir do primeiro encontro na cafeteria, em todas as outras quartas-feiras posteriores, lá estava eu, no meio do expediente, para um "pacote expresso" com Carmem, que incluía: sexo, almoço e café.

E foi assim que entrei na vida de Carmem: pela indulgência, pela agenda, pelos intervalos, pelos encaixes... pela paixão errante, ficando ao dispor, à espera, e com a longa ausência da encantadora, eu morria, não suportava o pensamento do lar, da cama, da vida cotidiana da qual eu não pertencia. Adoecia e não percebi.

Para compensar, eu inventava um sofrimento que ela pudesse estar sentindo, por estar entre dois amores, entre duas pessoas que talvez amasse uma e estivesse apaixonada por outra, mas as fantasias se diluíam na plataforma de embarque, pois íamos sempre em direções opostas. Eu a levava até a composição do trem, ela embarcava, eu esperava a partida, ela acenava e eu via o trem desaparecer no fim dos trilhos. Assim, atravessava a plataforma e tomava o trem oposto. Levava comigo o cheiro suave de Carmem, o gosto do beijo guardado por horas, até engolir por completo junto com um copo d'água.

Um dia, na plataforma, Carmem me deixou uma centelha, quando nos meus olhos disse:

— Um dia iremos na mesma direção!

O dia nunca chegou e eu resolvi entrar no mundo de Carmem e impor-lhe uma decisão. Resolvi seguir Carmem. Desta vez, ela entrou na composição do trem e, antes que buscasse assento, eu corri e entrei na composição anterior à que Carmem havia entrado. As portas se fecharam e o trem partiu. Pude ver Carmem sentada, olhando a plataforma na esperança de me acenar em despedida. Na sua estação de descida eu já estava a postos. Com corpo estremecido e um medo sufocante, vi Carmem saindo da composição e fui atrás com 2 metros de distância; segui por três quarteirões e a vi entrando num restaurante. Minha cabeça girou seus hemisférios cerebrais — o lado esquerdo indo para o lado direito e o direito indo para o esquerdo. Eu tinha medo, raiva, tristeza, ciúmes... e não sabia o que fazer... Fiquei a uns metros da entrada, me faltava coragem para entrar. Trinta minutos de agonia se passaram, até que decidi entrar e sentei numa mesa no canto. O garçom veio e eu pedi tequila, a única bebida cujas doses me transformavam em outras pessoas.

Percorri o olhar e já sabia onde Carmem estava sentada: havia 3 pessoas em sua companhia, uma mulher ao seu lado e um homem e uma mulher ao lado oposto. O garçom trouxe a dose de tequila e eu pedi outra antes de beber a primeira.

Carmem ria, conversava e mexia no celular. Meu peito, uma dinamite querendo detonar.

Minha visão estava turva, a vontade era de arrancar a dinamite do peito e explodir o restaurante. Eu estava na quinta dose de tequila e não pensava mais, até que Carmem levantou-se e seguiu para o banheiro. Levantei sem pensar e a segui. Entrei no banheiro e vi quando ela entrou no reservado para fazer xixi. Fiquei esperando para matá-la com minhas supostas garras envenenadas, que aliás só serviram para me ferir. Carmem nem olhou para o canto ao fundo, onde eu estava, e nem me viu. Tentei voltar para a mesa, mas minhas pernas estavam fracas, tudo girava em torno de mim e chamei por Carmem; em segundos já estava no chão do banheiro. Carmem segurava minha mão e a mulher que a acompanhava dizia que eu estava entrando em coma de álcool... Será? Outras mulheres também vieram ao meu socorro. Eu chamava por Carmem consecutivamente. Eu segurava a mão dela, minhas doses diárias de hemifumarato de quetiapina, cloridrato de sertralina e frontal, adicionadas a 5 doses de tequila, me levou ao chão: a combinação perfeita para potencializar minhas alucinações. Como vamos ajudá-la? Eu ouvia, mas não sabia como responder. As vozes iam se tornando como rezas ao longe.

Acordei no dia seguinte, às 11 horas da manhã, na emergência de um pronto-socorro. Eu parecia estar voltando de uma guerra, só lembrava de Carmem segurando minha mão, mas não lembrava das circunstâncias.

— Bom dia, Sra. Fernanda! — Disse a enfermeira, que permaneceu lendo uma ficha em suas mãos.

— Abrimos sua carteira para registrá-la.

Sorri em resposta, levando minhas mãos à cabeça por forte dor.

— Quem me trouxe para o hospital? Não me lembro de nada...

— A sra foi trazida pelas proprietárias da cafeteria que a senhora frequenta.

— E Carmem?

— Não, não há registro de Carmem na ficha de internação, quem assinou foi a sra. Virginia, que estava em companha da sra. Júlia.

— E Carmem?

— Não, Carmem não veio.

De dentro para fora

VERIDIANA BORGES

Laura estava com o seu olhar fixado no avião que aos poucos ia se distanciando até que a imensa aeronave foi engolida pelas nuvens. Neste momento, as lágrimas caíam em seu rosto, elas eram inevitáveis. Finalmente, não precisou mais ser forte, agora ela estava só e pôde externar o que estava sentindo. O choro saiu sem nenhum esforço e, enquanto caminhava até o estacionamento, procurou se recompor. Então, começou a respirar profundamente, a tomar a direção de seus pensamentos e de seus sentimentos. Assim, Laura conseguiu, aos poucos, voltar para o prumo e controlar suas emoções: entrou no carro, secou o seu rosto, retocou a maquiagem, ajeitou o retrovisor, deu a partida no carro e dirigiu pelas ruas movimentadas da cidade.

Apesar de estar convicta de que aquela era uma decisão acertada, Laura ainda lutava com seus pensamentos aterrorizantes; sabia que eram apenas pensamentos, mas naquele momento, eles eram reais! E se tudo o que ela e sua família tinham planejado, falhasse? Será que um sonho tem tanto valor assim? Como suportará a saudade? Em meio a tantos pensamentos, adormeceu.

Na manhã seguinte, Laura acordou e percebeu que não era um sonho, a partir de então, pelo menos por um período, ela precisava acostumar-se a viver sem o seu "caçula". Como pode? Tão pequeno e já tão determinado? José sempre soube o que queria fazer da vida: ganhar o mundo jogando hockey. *Pois é, dizem que os pais criam os filhos para o mundo*, pensou. No entanto, ele ainda era tão pequeno... apenas 12 anos e já deixou o ninho. O que a confortava, em parte, é que o pai estava com ele, só que eram duas separações ao mesmo tempo, a do filho e a do esposo.

Novamente os pensamentos de melancolia começaram a surgir e a apertar o coração de Laura. Como conseguirá ficar longe deles por 6 meses? Por um momento de lucidez ou não, sentiu raiva de si mesma por ter concordado com isso. Só que o valor de um sonho e o amor incondicional de mãe falou mais alto. Parou, respirou e lembrou-se do acordo que tinham feito: "estamos juntos neste objetivo e não vamos fraquejar". *O jeito era seguir em frente e aguardar, afinal, o que são 6 meses?* Pensou. Ainda mais com a internet.

Com esse pensamento, levantou e foi organizar a vida. Como de costume, Laura levantou e reservou 20 minutos da sua manhã para expressar sua gratidão a Deus e ao universo e também reviu as tarefas que precisam ser executadas naquele dia. Após isso e ao tomar seu café, o qual ela não dispensava, vestiu-se e foi trabalhar.

Laura era uma mulher inteligente e interessante; aos 40 anos de idade sentia-se bem, pois sempre teve muita energia e vivacidade. No entanto, os dias tornaram-se mais solitários, apesar de ter a companhia de seu outro filho.

Com o passar dos dias, Laura começou a apreciar a sua própria companhia e a perceber-se mais. Aos poucos, havia algo nela que dizia: é hora de recomeçar, esse recomeço estava ligado ao seu *eu*, a sua missão de vida e a sua realização profissional. Parecia que o destino estava do seu lado.

Era uma manhã de outubro, chovia lá fora; apesar de já ser primavera, fazia frio, era possível ouvir o barulho do vento sacudindo as árvores e o som da chuva estava convidativo a mais uma hora de sono, ainda mais se tratando de sábado. Então, Laura entregou-se ao calor quentinho de sua cama e voltou a adormecer.

De repente, acordou assustada. Estava tendo um sonho ou pesadelo? Não sabia ao certo. Laura foi acordada pelo toque do seu telefone, e ao visualizar a tela do celular, verificou que havia duas chamadas não atendidas e uma mensagem no WhatsApp do seu supervisor, informando que ela estava dispensada do trabalho, pois estavam cortando algumas pessoas em função da crise do país.

Não acreditava no que estava lendo. Logo agora, que o marido havia pedido demissão para acompanhar o filho! E o cara ainda a dispensou por mensagem... Que falta de profissionalismo! *Ele podia retornar a ligação até ela atender ou conversar com ela na segunda-feira*, refletiu.

Foi um fim de semana bastante difícil. Laura só pensava em como daria aquela notícia à família, onde conseguiria um trabalho que tivesse uma boa remuneração como aquele e, o mais difícil em admitir, estava feliz, pois nunca gostou daquele emprego; ele não a satisfazia como pessoa. Refletindo sobre isso, percebeu que havia se acostumado e a segurança financeira a prendia nele, mas admitir sua alegria parecia algo desumano, ainda mais agora, que ela precisava manter sozinha o sustento da família.

Esse período de mudanças externas acabou provocando mudanças internas, já que despertou em Laura novas descobertas: uma nova mulher estava surgindo, ela sentia e desejava, no entanto, sabia que essa transformação não seria tão simples assim, e exigiria, por parte de Laura, autoconhecimento, resiliência, automotivação e quebra de paradigmas e limitações que estavam enraizadas em sua mente por décadas.

Após o episódio da demissão, Laura precisava encontrar forças para encarar a vida de frente. Talvez procurar um novo emprego na área administrativa. No entanto, um novo emprego não era a solução, pois isso era algo externo e ela continuaria frustrada profissionalmente. Na verdade, Laura sabia que não era isso que ela precisava.

O tempo foi passando, já fazia quase três meses que José e o marido estavam longe, e foram dias de muita reflexão e busca por autoconhecimento. Laura entendeu que, para realizar o seu sonho, seria necessário encontrar motivações internas, seria preciso mudar de dentro para fora e o primeiro passo para isso está sempre em enfrentar seus "monstros" internos e deixar aflorar um sonho que está engavetado há muito tempo.

Numa tarde de dezembro, em frente à tela do computador, com as mãos trêmulas e o coração batendo forte, Laura procurou por alguns arquivos antigos em seu laptop, e ao digitar a palavra "sonhos" na parte de busca, a pasta apareceu e junto dela um coração cheio de esperanças ressurgiu. Ela não conseguiu segurar a emoção, pois, finalmente, depois de muitos anos, abrir aqueles arquivos era remexer em algo que estava esquecido há tempos.

Entre tantos textos, alguns acabados, outros não, Laura foi direto para aquele que ela sempre quis terminar de escrever, e seu título era: de dentro para fora. Assim sendo, respirou fundo, ajeitou-se na cadeira, tomou um gole de café, colocou sua mente em estado de paz e harmonia, respirou fundo e começou a escrever, pois, agora sim, sentia-se apta a escrever sobre este tema.

As horas passavam, Laura parecia não perceber, nem se importar com isso. Escrever sempre foi sua grande paixão, mas teve que abrir mão desse sonho por muito tempo. No entanto, alimentava essa esperança a cada dia, mas não pensava que poderia tornar-se real.

Depois de escrever, parou e leu em voz alta os últimos parágrafos:

Toda mulher precisa parar um tempo para se conhecer de dentro para fora, e este processo, muitas vezes, pode ser doloroso, mas necessário. Assim como eu fiz.

Muitas de nós abrimos mão de nossos sonhos em prol da nossa família, muitas de nós traçamos um caminho profissional que não é o desejado, muitas de nós não sabemos realmente quem somos e o que desejamos, porque não paramos um tempo para refletir sobre isso.

Portanto, desejo que você, minha amiga, permita-se conhecer de dentro para fora, entenda que a pessoa mais importante da sua vida é você, e sendo assim, repense sua vida, reveja seus sonhos, tenha tempo para si mesma, estabeleça prioridades, tenha pensamentos fortalecedores, lute contra as suas crenças limitantes, não esqueça de que errar faz parte da vida e que recomeçar pode ser a chave para mudança. Entenda que, para mudar o exterior é preciso mudar o interior primeiro, pois a vida é um presente, logo, precisa ser vivida de maneira significativa. Permita-se.

Após a leitura, Laura não conteve a emoção, agradeceu a Deus por ter tido coragem para realizar seu maior sonho: poder inspirar mulheres por meio de seus textos.

Voltou-se para o laptop e enviou o texto por e-mail. Pegou o celular e ligou para seu colega da faculdade de jornalismo, Paulo. Ele era editor-chefe de uma editora e, desde o tempo da graduação, insistia para que Laura escrevesse, pois conhecia o seu talento literário. Pronto, agora era aguardar a tiragem do livro.

Laura foi até a cozinha pegar um café, e enquanto o bebia, fitou o céu quente do verão e pensou sobre os últimos meses de sua vida. A viagem do filho e do marido, a perda do emprego, as mudanças internas, a realização do seu sonho de poder escrever um livro, a superação, a saudade que enfrentava a cada dia...

Pensou em si mesma com orgulho e amor, entendeu que todos podem e devem realizar seus sonhos, no entanto, é preciso mudar de dentro para fora. É preciso uma transformação de paradigmas e de hábitos.

Pensou em José e entendeu que ele era o maior responsável por sua transformação, pois o filho havia plantado nela a semente de que um sonho pode se tornar realidade, basta superar os medos e trabalhar em prol desse sonho. *Menino inspirador esse meu filho*, pensou.

Laura percebeu que esse tempo longe da família proporcionou a ela a possibilidade de se encontrar. Neste momento, um pensamento sabotador a invadiu, sendo que este dizia que a viagem, ou seja, a distância do filho e do marido, foi essencial para que ela pudesse parar e olhar para ela de dentro para fora. *Sim, era isso mesmo, e que mal havia nisso?* Refletiu.

Ao olhar pela janela, viu muitas mulheres que passavam pela rua, algumas de carro, outras estavam a pé, algumas com filhos, outras com colegas de trabalho. Havia duas amigas que corriam no sol escaldante do início da tarde.

Neste instante, Laura saiu em disparada na direção do seu computador. O filho, que estava na sala, perguntou:

— O que houve, mãe?

Laura abraçou e beijou o rapaz, ele era o seu porto seguro, seu companheiro nesta caminhada, e lhe disse:

— Filho, enquanto eu olhava pela janela, tive uma ideia sobre o que escrever no meu próximo livro. É isso!

Então, Laura sentou-se em frente à tela em branco, agradeceu a Deus pela inspiração, respirou fundo e escreveu:

A caminhada é tão importante quanto o destino.

Eu e a imensidão

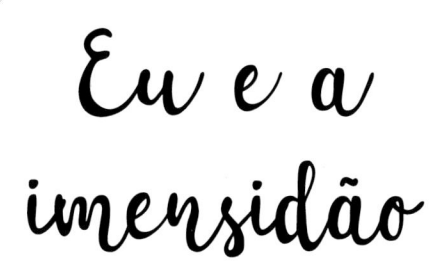

ANDREA LARRUBIA

— Ah!!!!!!!!!

Acordei assustada! Ouvi um grito tão forte, apavorante. Era tão familiar que parecia ser meu.

Sentei-me bruscamente na cama. O rosto pingando de suor mostrava o quanto a noite tinha sido intensa.

Certamente, era mais um sonho daqueles que me fazia parecer reviver algo, como se precisasse tornar real tudo que se passara de noite.

Ainda era madrugada, percebi pelo silêncio que pairava naquela casa de madeira. Se é que pode-se chamar aquele som todo de madeiras dilatando e contraindo, de silêncio.

Deitei-me para tentar dormir.

Acordei com os raios de sol já fortes, entrando pelas frestas da janela e aquele barulho já gritava alto!

Como ter paz com aquele som infernal dos teares trabalhando. Sentei-me no meu tear e comecei a tecer o algodão. Não tive fome.

Aqueles sons estavam mais intensos que o habitual; meu corpo parecia querer gritar, explodir. Eu não suportava mais viver ali, como uma peça por trás daquela máquina.

Havia som de pássaros. Era agradável ao meu ouvido e um incômodo pra minha alma ali presa, vendo-os livres, felizes. Seus voos pareciam um bailado sem fim pelo ar. E eu ali, presa naquele corpo, sentada, sem poder voar.

As mulheres ali conversavam tão polidamente, baixinho. Eu tentava ao menos sorrir, mas era apenas para disfarçar para mim mesma minha própria dor.

Era uma falta de sentido, um vazio tão grande, que fazia minha mente se perder em falas o dia todo, desde o nascer do sol até o momento de dormir.

Viver ali, com aquelas mulheres, trancada, contando as horas para o dia terminar e descansar olhando aquelas paredes de madeira era, para mim, um tormento.

Desde que nasci, toda a família dizia ser perigoso demais sair do nosso vilarejo. Andávamos no máximo em meia dúzia de ruas ao redor de nossas casas. Sair dali era terminantemente proibido.

Não conseguíamos ver nada adiante, já que o vilarejo pequeno era cercado por árvores imensas, frondosas e delimitavam claramente onde poderíamos estar.

Era uma sensação de estar coberta e fechada. As árvores escureciam todo o lugar e não víamos nada além delas.

Sentia como se não honrasse meus antepassados que vieram de outros continentes, fugindo do horror da guerra e da fome, tendo aquela vida tão monótona. Nada me faltava. Eu tinha uma casa para morar, roupa e comida.

Havia uma história passada de geração para geração, desde quando meus antepassados moravam em outro continente, de que um dia, chegaria alguém que mudaria toda a história da família. Foi revelado num sonho para meu tataravô, sacramentado por uma estrela cadente imensa, verde, quando ele contou numa noite essa história e, naquele momento, souberam que era sinal de que haveria de se realizar. Não sabiam como, nem quando, mas sabiam que chegaria esse dia.

O que mais eu podia querer? Estava segura e suprida do essencial.

Nas horas em que não estávamos trabalhando, cuidávamos das nossas roupas e dos nossos cabelos.

Nós mulheres usávamos vestidos pesados e que iam até o pé, que cobriam nosso braço todo. Era assim e sempre seria, diziam as mais velhas.

Nossos cabelos eram um tipo de marca de família. Devíamos manter nosso cabelo o mais longo possível, assim, qualquer pessoa podia identificar de que família cada mulher era. Assim que era, e nada mudaria isso.

Todas viviam felizes, exceto eu.

Eu me sentia cada dia mais triste, angustiada e chegou um momento da minha vida adulta em que nada disso fazia mais sentido. Transbordava uma inquietude e uma sensação estranha quando eu me olhava no espelho. Como se não aceitasse minha identidade, o que eu era e o que eu fazia.

Numa noite, fui dormir pensativa, como de costume, quando acordei ouvindo um vento muito forte soprar. Era tão forte, que assoviava:

Fi!!!!!!

Naquele vento, eu ouvia alguém me chamar: Andrea!

Não era uma voz. Mas eu sentia naquele assovio meu nome; parecia um chamado.

Vesti um casaco, peguei um candelabro, e saí noite afora.

Eu estava com medo, mas aquele chamado me fazia ir pra onde o vento me levava.

— Andrea! — Eu sentia me chamar.

Era o vento assoviando!

Fui seguindo seu som até que saí do vilarejo.

Caminhava rapidamente e a vela não se apagava!

Fui caminhando, sentindo algo mais macio que as ruas de terra do vilarejo, mas por estar muito escuro, não conseguia ver exatamente como era.

Havia um barulho muito forte de algo que parecia ir e vir. Era algo muito grande pela intensidade do barulho.

Senti um frio na espinha quando minha vela se apagou e, no céu, passou rapidamente uma estrela cadente. Era verde, imensa!

De repente, ela ficou parada diante de mim!

Era como se tudo tivesse parado e estivéssemos nos olhando.

Entendi que haveria de segui-la. Sentei-me para contemplá-la e uma paz havia tomado conta de todo meu corpo.

Fiquei ali por minutos, horas, certamente, até que o sol começou a nascer.

Fiquei em choque quando vi o que era aquele barulho forte. Era água! Muita água! Era tanta água que eu não conseguia compreender de onde vinha e como havia uma imensidão dela, sem fim, a perder de vista.

Lembrei-me da minha família e sabia que tinha um novo caminho a seguir. Aquele lugar dizia isso!

Decidi voltar naquela hora para o vilarejo. Levaria minha família e quem mais quisesse para esse lugar lindo.

Não sabia como voltaria, mas quando dei de costas para aquela água, vi que havia marcas no chão dos meus pés! Assim, seguiria as mesmas até chegar no vilarejo.

Caminhei até avistar ao longe uma cruz. Era a cruz que ficava junto à minha casa!

Mas as árvores não estavam lá! Havia lama. Como se tudo tivesse sido tomado, ou melhor, como se estivesse tudo mergulhado num rio de lama.

Cheguei o mais próximo que pude de onde estaria minha casa!

Que dor, que horror, que tragédia! Minha casa não estava mais lá; nem as outras do vilarejo, nem as árvores e nem os animais.

Tudo havia sido levado por aquela lama.

Eu não conseguia entender de onde viera aquilo. Mas o que me importava saber a origem, a razão?

Que pesadelo eu estava vivendo!

— Minha família!

— Meus animais!

— Minha casa!

— As pessoas que amo! Onde estão? Meu Deus, como pode estar tudo isso acontecendo? — Eram falas e mais falas em minha mente.

Caí em prantos, de joelhos no chão, chorei, gritei. Chorei!
— Não!!!!!!!!!

De repente, senti algo me tocando.

Era um lobo! *Venha comigo*, disse ele.

Eu estava tomada pelo terror daquele pesadelo que eu acabara de ver. Que medo daquele animal e do que poderia me fazer. Mas sabia que deveria segui-lo. Não havia mais nada ali; mais ninguém comigo. Caminhamos até chegarmos naquele chão macio diante daquela água.

Nada havia além de nós e um barco na beira da água.

Dentro do barco havia algumas coisas: uma calça, uma tinta e uma tesoura.

Cortei meu vestido e fiz dele uma blusa sem manga.

Vesti a calça.

Fiz uma marca no meu braço direito, abaixo do ombro, com a tinta.

Cortei meus cabelos.

Com a blusa, teria movimento, poderia ser livre!

Com aquela calça eu chegaria aonde quisesse, já que meu corpo nunca suportou ficar parada num só lugar. Teria os movimentos que meu corpo sempre sonhou; como dos pássaros.

Desenhei no braço aquela estrela: era um sinal de liberdade, da guerreira que eu teria que ser daquele momento em diante.

Os cabelos, cortei-os bem curto. Para a liberdade que minha mente teria para o que quisesse fazer.

Seguimos no barco. Eu e o lobo. O medo me acompanhava; do incerto, do que faria para sobreviver, e como faria?

Carreguei no meu peito a saudade do amor pelas pessoas queridas. A dor de deixá-las era imensa, mas não me restava mais nada a não ser o desconhecido.

E seguimos, diante daquela água, diante daquela imensidão. No peito, uma dor, um aperto.

Respirei fundo.

Ouvi gritos e pareciam tão distante! Olhei para aquela imensidão de água e vi, ao longe, um imenso barco, e nele havia muitas mulheres me acenando.

Comecei a remar em direção a elas. Remei com toda a minha força. Olhando pro lobo, parecia que minhas forças se renovavam.

Consegui chegar ao barco. Umas das mulheres me disse: sabia que você chegaria! Eu sabia que ali começava minha missão.

Subi no barco e caí, tomada pelo cansaço.

O Mar e a vida longa

LINDEVANIA MARTINS

Augusta pôs os pés na areia fina e olhou diretamente para o céu de meio-dia. Ardente, o sol fez seus olhos lacrimejarem. Gotas úmidas e salgadas desciam pelo seu rosto suado, umedecendo seus lábios. Fechou as pálpebras e limpou tudo com as costas das mãos. Melhor assim. Podiam pensar que chorava. Voltou os olhos para o mar. Contemplou seus movimentos ondulantes e de um verde-escuro, depois voltou a atenção para as placas que há vinte anos se renovavam. Sempre a mesma redação oficial interditando o banho. Culpa do esgoto caindo diretamente no mar. Lamentava-se. Não mereciam aquele mar vigoroso e aquele céu azul.

Caminhou na direção das águas. Entraria no mar, apesar do aviso? Um desânimo a tomava e lhe parecia que, se pudesse nadar, lavaria seu cansaço. Não lembrava de onde estava antes. Como chegara àquela praia mesmo? Caminhara a pé os quilômetros que separavam sua casa até a Avenida Litorânea? Por isso que suas pernas doíam tanto?

Ouviu os gritos. Alguém se afogava naquele mar poluído, lá onde as ondas eram mais fortes. Os outros que estavam na praia correram para ver o que acontecia. Augusta os seguiu, machucando os pés nas pedrinhas na areia, nas conchas quebradas, no lixo jogado a esmo. Poderia ajudar. Mas como, se desaprendera a nadar?

Augusta se juntou ao grupo formado no começo da espuma. Imóvel, como que hipnotizada, viu quando uma mulher se jogou ao mar e nadou até socorrer a que se afogava. Mais um pouco e a primeira mulher puxava a outra pelo braço, movendo seu corpo esguio pela areia fina, afastando o mesmo da morte. Augusta não conseguia ver seus rostos, mas via o maiô de banho verde da que se afogava, os cabelos presos. Percebeu que já vira uma cena assim antes. E entendia.

Entedia que havia poucos enredos para a vida de cada pessoa e que estávamos todos fadados a assistir as próprias histórias se reproduzirem como se fossem as histórias de outros.

Quarenta anos antes das interdições e da poluição, foi a vez de Augusta salvar uma outra mulher, naquele mesmo setor da praia. Jovem e atrevida, usava um maiô de banho verde e os longos cabelos presos num elástico. Depois do ocorrido, ela e essa outra mulher, até então desconhecida, passaram a se encontrar constantemente. Não era apenas gratidão. Havia tanto em comum que ali nascera uma amizade que logo se transformou em amor. E o amor fez a mulher abandonar o marido e as fez compartilhar o café da manhã, a casa e a cama. E dividiram tudo por mais trinta anos, inclusive os planos de uma longa vida, uma vida inteira junta, sem que nada as separasse. Até que tudo acabou.

Augusta não queria lembrar desse fim, mas não podia escapar das lembranças que o episódio que assistira lhe trazia. Ela estava a uma pequena distância de onde ocorrera a cena de salvamento, uma distância segura que lhe permitia ouvir o que as duas mulheres conversavam, o que a pequena multidão que se aglomerava em torno das duas diziam, sem que se visse na obrigação de também dizer alguma coisa. Augusta não tinha vontade de falar nada. Como desconfiava, as pessoas repetiam as mesmas palavras que ouvira há três décadas.

Augusta chegou mais perto, determinada a interromper o círculo vicioso de repetição. Diria qualquer coisa e as pessoas teriam que responder a uma pergunta nova. Abriu caminho no pequeno grupo de curiosos, que parecia não notá-la. Ela tossiu para lhes chamar a atenção. Foi inútil. A mulher que se afogava e a que a salvara, também a ignoraram. Só então Augusta viu, nos rostos das duas mulheres, o seu próprio rosto e o de sua companheira, trinta anos mais moças.

E tudo que não queria lembrar veio de uma só vez. Lembrou do barco superlotado atravessando a baía entre São Luís e Alcântara. Lembrou da tempestade e do grande tremor que revirou o barco e o mar pelo avesso. Dos gritos e dos corpos deslizando para o vazio. O que o mar lhe dera, o mar lhe tomara.

Então, fez sua pergunta nova:

— Há uma missa de sétimo dia marcada para hoje. Vocês sabem dizer qual de nós duas que morreu?

A menina e o sari vermelho

ANA CLÁUDIA CARDOSO

～

Certa manhã de verão, Amrita caminhava acompanhada por sua mãe pela favela de Birla; na Índia. A pele escura, olhos amendoados, franzina para seus oito anos.

Enquanto seguia cantando e pulando, respirava o vento e sentia o sol adentrando seus poros.

De repente, uma corrente de ar muito forte fez com que levantasse os braços e olhasse para o céu.

A pequena sorriu e girou, girou e girou, feito um redemoinho, como se assim pudesse misturar-se naquele azul profundo. Em uma fração de segundos, percebeu-se entre as nuvens.

Sentiu os pés aquecidos entre a névoa branca e macia que a sustentava. Olhou ao redor e avistou ao longe uma figura feminina que serenamente tocava um Tat Wadya. Encantada, Amrita caminhou até a jovem mulher, dançando ao som daquele divino instrumento de corda.

— Que belos trajes tem a senhora! — Comentou, observando seu sari vermelho, trabalhado em fios de ouro.

— O vermelho me lembra os jardins de jasmim — falou a mulher enquanto pétalas de flores caíram sobre elas. Eufórica, Amrita vibrou e pulou de alegria.

— E que belo som é este? Ele faz o meu coração pulsar e aquece o sangue que corre rápido pelas minhas veias, fazendo-me estremecer de tanta alegria — comentou a pequena.

— Este é o som do Tat Wadya — respondeu a jovem senhora. — Óh! Pode ensinar-me a tocar o Tat Wadya como você?

— Sim, claro! — Respondeu ela sorrindo. — Volte aqui todos os dias ao nascer do sol.

— Combinado! — Respondeu a pequena.

— Para que não esqueça de nosso compromisso — continuou a mulher —, procure-me no jasmim vermelho que me agrada. E na leveza do seu corpo ao movimentá-lo sob ritmo do Tat Wadya. Assim me sentirá presente...

— Levanta, menina! Exclamou sua mãe ao erguê-la do chão e ao limpá-la.

— Girou tanto que ficou tonta!... Veja só! Está toda suja! Vamos, depressa! Precisamos chegar à cidade. Tenho toda essa roupa para entregar.

Horas depois, durante o entardecer...

— No caminho de volta para casa, Amrita contou suas aventuras nas nuvens para a mãe, que não deu muita importância, pois em sua visão, tratando-se de uma Dalit, a pequena jamais poderia estudar e tampouco tornar- se uma musicista. Estava fadada a cumprir seu karma, sendo somente poeira que se levantou abaixo dos pés de Bhama. E nada mais.

A pequena argumentou dizendo que, com a música, poderia levar toda a família para o outro lado do mundo, onde seriam felizes e livres do preconceito. Bastaria que a mãe a ajudasse conseguir comprar um Tat Wadya no mercado.

A mãe explicou que não tinha condições. E falou sobre a sorte que tinham, pois, a esposa do velho Vaicias havia vivido muito tempo no estrangeiro, e somente por esse motivo permitiu que lavasse e passasse suas roupas de cama todos os dias, ainda que escondido do esposo. Se assim não fosse, comeriam restos de animas apodrecidos ou passariam fome. Esclareceu ainda que os sem "Casta" não podem entrar nas lojas do mercado, tampouco aproximarem-se de um instrumento nobre e tocado pelos deuses. A jovem mãe implorou à filha que tirasse aquela ideia da cabeça, pois se continuasse insistindo, poderia causar problemas para toda sua família. Mas a pequena, inconformada, recusou-se a aceitar seu karma. Foi para casa aos prantos e soluçou a noite inteira.

Na casa do Vaicias...

Na manhã seguinte, a jovem mãe acordou a menina ainda mais cedo. Precisavam levar as roupas de cama, pois no fim da tarde seria dado o início a uma festividade em homenagem ao Vaicias.

Como de costume, abriram discretamente o portão dos fundos da casa e deixaram a trouxa de roupas de cama no chão, para que alguém viesse buscar. Mas para surpresa de ambas, a governanta esperava por elas.

— Sigam-me! — Exclamou a mulher com desprezo. Ambas acompanharam-na prontamente até a copa, enquanto ela explicava que a criada que costumava auxiliá-la na limpeza da casa havia amanhecido enferma, e sua patroa deu-lhe ordens para ofertar o serviço para mãe e filha durante o dia de comemoração.

— Duas impuras! — Exclamou a mulher cheia de preconceito. — Mas a senhora Vaicias morou muitos anos no estrangeiro — continuou —, não acata nossos costumes... O Senhor Vaicias não vai gostar. Mas sigo apenas ordens. Limpem apenas o chão e os banheiros. Não toquem em nada! Sejam discretas e rápidas. Se o senhor pegá-las dentro de casa, vai expulsá-la!

A mãe começou a limpeza enquanto a pequena punha-se a segui-la com o balde cheio de água e o pano de chão.

Quando os joelhos já estavam vermelhos de ficar em contato com o assoalho, passando o pano úmido para baixar a poeira que levantava depois que a mãe passava a vassoura, olhou para cima e deparou-se com uma visão que a deixou boquiaberta. Estava dentro do closet da dona da casa. Dezenas de saris e sapatos à sua volta. Encantada, sequer notou o sussurro da mãe que saiu ao chamá-la para o cômodo seguinte.

A pequena ficou lá, girando lentamente em torno de si mesma e admirando cada peça. Até que, depois de algum tempo, uma cor lhe chamou atenção. Era um sari vermelho-jasmim. Encantada, pegou o sari. Olhou ao redor e, como ninguém a observava, o colocou na cintura e no ombro.

Fechou os olhos e sua mente pôde ouvir o som da melodia tocada pela bela mulher que vislumbrou durante sua mística viagem às nuvens.

E assim, começou a dançar.

De repente, um som vindo da janela chamou-lhe a atenção. Correu, e de canto de olho, pôde avistar os músicos no jardim afinando os instrumentos para a festa.

Um Gran, sushir, awanahha e um belo Tat Wadya. Sem hesitar, como que em transe, a pequena desceu a escadaria da casa e foi ao encontro do instrumento. Ao aproximar-se, antes que pudessem impedi-la, o segurou e dedilhou os acordes.

Sua alegria era tão efusiva que suas gargalhadas puderam ser escutadas ao longe. E foi quando a pequenina arranhava as cordas que bruscamente alguém lhe puxou o instrumento das mãos. Era o Velho Vaicias, o Senhor da casa.

— Uma Dalit em minha casa! — Quebrou o instrumento nos joelhos e ordenou que atirassem fogo imediatamente. E ao perceber o sari que havia dado de presente à esposa na criança, ficou ainda mais furioso.

— Uma pequena ladra na minha casa! — Esbravejou. — Como esta criança impura entrou por meus muros e portões?! — Gritava aos quatro ventos. Sua esposa surgiu seguida pela mãe da menina, que desesperada, caiu de joelhos aos pés do homem, implorando perdão.

— Fui eu quem autorizou a entrada de ambas, meu esposo. — Falou a Senhora da casa. —Deixe-a seguir em paz! Não vê que é apenas uma criança?

— Esta criança roubou-lhe o sari! A mãe é cúmplice, com certeza!

— Eu dei o sari para a menina! —Exclamou.

— O sari que lhe dei com tanto carinho?! Despreza meus sentimentos colocando-o sob o colo de uma dalit! Vou ter que purificar nossa casa com defumadores, incensos e ervas... Mas antes, esta criaturinha vai levar uma surra para aprender a nunca mais se aproximar da casa de um homem de casta. — Tirou o cinto da calça para bater na pequena, mas sua mãe jogou-se sobre ela.

O Senhor Vaicias açoitou a mãe várias e várias vezes sem escutar as súplicas de sua esposa que, em prantos, implorava por compaixão.

Ambas foram expulsas do jardim e despejadas na calçada. A pequena observou os braços da mãe arranhados, sujos de sangue, e caiu em prantos.

— Viu o que acontece quando tentamos contrariar o nosso karma? — disse a mãe. — Você poderia ter morrido! Não pensa na sua mãe sofrendo com a morte da filha?!... Prometa que nunca mais vai se atrever a desafiar seu carma. Prometa que vai esquecer essa história de tocar Tat Wadya! Olhe para nosso estado! Prometa!

— A pequena retirou o sari e o colocou na sarjeta, de forma que a água o cobriu.

— Prometo! — Exclamou a pequena enquanto observava o tecido sendo levado pela água corrente.

No dia seguinte, na favela de Birla...

Na manhã seguinte, alguém bateu a porta do pequeno barraco de madeira. Assustada, Amrita, encolheu-se junto aos demais irmãos, enquanto os pais foram abrir a porta.

Era a governanta da casa do Vaicias, para espanto da mãe.

— Trago uma encomenda para a menina — informou a mulher, com ar imperativo.

— Vá chamá-la!

Amrita caminhou até a porta e recebeu nos braços um embrulho vermelho.

— Abra! É um presente da senhora Vaicias.

— A pequena sentou-se no chão e abriu o pacote com lágrimas nos olhos e um sorriso largo de alegria ao deparar-se com um Tat Wadya.

As filhas do coração misericordioso

SHIRLEI MOURA

1° CAP. CONHECENDO.

Ir De — (sala de aula do convento). Não pecar é fazer o que Deus determinou através dos profetas, das cartas de São Paulo. Irmãs, é essencial para os votos perpétuos. Novatas, os nomes de vocês.
— Neponucena!
— Tertúlia!
Ir De — Sou Irmã Deodora, dou aula de história e canto. (Na biblioteca do convento a Ir Superiora em voz alta): — A Congregação das Filhas do Coração Misericordioso de Jesus

foi fundada pelo Bispo Carl Kurt, em 14 de março de 1789, Belchite, província de Saragosa, na Espanha. O bispo, em carta que se encontra no arquivo da Santa Fé, narra que teve o mesmo sonho três noites seguidas, no qual via Jesus segurando um coração coroado de espinhos e dizia: *É o coração de minha mãe, envolto de lágrimas pelo que me fizeram os homens. Mas o meu coração é misericordioso, tenham misericórdia uns aos outros.* Depois de pensar muito, decidiu fundar uma congregação feminina e a imagem principal seria o coração de Jesus envolto em fogo e espinho. No começo, trinta e cinco mulheres vindas das aldeias próximas. Após dez anos, expandiu para Europa, após seis, Ásia, após três, América do sul e, por fim, Brasil!(ouve uma batida na porta)

Ir Sup — Pode entrar. (Entra uma irmã trazendo café e bolachas) — Obrigada, irmã Genésia. (Em seguida, pede que chame a Ir Deodora. Não demora e a Ir Deodora entra. Ir Sup. Fala) — Sente-se, permito que se sirva de um pouco de café. Irmã, ficará no comando do convento, vou me ausentar por quinze dias, em virtude da eleição da madre geral. Você está há dois anos aqui, é educada, inteligente. Não tenho outra para a função no momento. Esta que saiu só serve para cozinhar, a outra possui o intelecto rude. As demais vivem enclausuradas e são idosas. E agora me mandaram para cá duas irmãs de primeiros votos. (Deodora vai pegar uma bolacha a Ir superiora) — Não permitir a gula é um dos males que temos que combater. (outra baixa a cabeça) Sem falar que o Padre Romão Luis da terceira ordem virá para a confissão individual. Graças a Deus não estarei, o abomino. Se ele fosse eleito Papa, padres efreiras casariam, iriam trabalhar.Dou-lhe permissão para falar.

Ir De — Conheço o padre Romão Luís. Com todo respeito, o livro que ele escreveu é apenas uma reflexão sobre o amor.

Ir Sup — Não me diga que leu o livro? Amor carnal, que falta de pudor. A senhora o tem?

Ir De — Não. O li quando estive lecionando em Breslávia, na Polônia.

Ir Sup — Ficarás em meu lugar. Não me decepcione. (noutra sala, as irmãs costuram e memorizam as normas).

Ir Nepo — As filhas precisam: de caridade, obediência, castidade, pobreza.

Ir Tert — A Irma superiora não pode ser questionada. (Ir De interrompe)

Ir De — Teremos que recepcionar o Padre Romão Luís. (Todas cantam) Senhor fazei-me instrumento de vossa paz. Onde houver ódio, que leve o amor. (o padre entra)

P — Onde houver ofensa, que leve o perdão. Onde houver discórdia, que eu leve a união. (Todas aplaudem) - Irmãs, que alegria. (Empurrei o portão e segui as vozes)

Ir De — Padre Romão Luiz, sua bênção. (Todas fazem o mesmo e depois os deixa à sos)

P — Para que tanta formalidade? Fomos criados juntos.

Ir De — Eu sei, mas...

P — Fiquei feliz quando soube que cobra da superiora. (Risos e as irmãs voltam com guloseimas, o padre as convida)

P — Por favor, irmãs, em nome de Deus, fiquem e façam comigo o desjejum da tarde. Somos todos iguais. (Após o desjejum a sós)

P — E você? Voltará para Polônia?

Ir De — Não. Ser Irmã superiora não é para mim, a hierarquia me incomoda.

P — E eu? Tenho viagem marcada para Roma, no intuito de concluir os estudos para bispo. Em minhas orações, converso com Jesus e com são Tomas de Aquino sobre o meu desejo de ter esposa e filhos, acredita? Estou indeciso.

Ir De — Por isso escreveu o "Reflexões sobre o amor celibatário". Ainda não li o segundo livro e sabe o porquê, né?

P — Aquela jararaca! (risos)

Ir De — Romão, conversar com você é sempre bom, mas preciso ir.

P — Nossas santas funções! (cada um toma direção oposta. Ir Deodora no corredor é alcançada pela irmã Tertúlia)

Ir Tert — Irmã Deodora!

Ir De — Pois não, Irmã.

Ir Te - A senhora poderia me ensinar a tocar violão! (Deodora sorri)

Ir De — Sim! A música nos aproxima de Deus. (Tertúlia, alegre, abraça Ir Deodora. Na cozinha, preparando o jantar)

Ir NeP — Ouvi falar deste padre progressista... quer mudar coisas na igreja.

Ir To — Um ateu, isso sim! Só de pensar que confessarei com ele... (entra Deodora)

Ir De — Precisam de ajuda?

Ir To — Irmã, terminamos olhe: macarrão à bolonhesa, arroz branco, salada e, de sobremesa, pudim. Está bom?(baixa a cabeça)

Ir De — Está maravilhoso! Sirvam em pequenas taças o vinho. Temos visita especial. Levante a cabeça irmã, por favor.

Ir NeP — A senhora disse pequenas taças? Permitirá que bebamos?

Ir De — Não é o que entra pela boca do homem que faz mal, mas sim o que dela sai e jantaremos todas com o padre. (Deodora sai)

Ir To — Meu Deus, é o fim do mundo.

Ir NeP — Deus abençoe a irmã Deodora e que a outra não mais volte. (Esperam o padre)

P- Oremos para o jantar: Ao senhor agradecemos, Aleluia, o alimento de nossa mesa, Aleluia! (Sentam)

2° cap. Confissões Amargas

P — Seus pecados estão perdoados. (Entradas e saídas de irmãs do confessionário) - Bem-vinda! Pode falar, ficará entre eu, Deus e você.

Ir Tert — Deus me lançará no inferno por sentir amor?

P- Deus não manda para o inferno um coração que ama, mas sim a maldade que sai de dentro.

Ir Tert — Mas é uma mulher. A amo desde que a vi, não me excomungue. Me castigue duas vezes por dia.

P- Por Deus, não faça isso. Serene sua alma, medite sobre sua coragem de confessar seu sentimento, vá em paz. (Na sala de aula)

Ir De — Hoje é a aula das dúvidas.

Ir Ben - Por que nossos cabelos são cortados?

Ir De — Para mortificar a carne. Algumas pessoas começam a nos admirar por causa do cabelo. Que bonita! Que bela! Vem, vaidade. Entendeu, irmã Benta?

Ir Ben – Confesso que quando cortaram meu cabelo, Ave Maria, me deu vontade de xingar a superiora de todos os nomes. (Todas dão risadas. Após o intervalo, a aula de música. Sentada com um violão, irmã Tertúlia espera irmã Deodora)

Ir De — Toque umas notas. (Quando irmã Tertulia levanta a cabeça, seus olhos se encontram, ficam em silêncio até que Irmã Deodora fique sem graça) - Sente-se aqui. (Começa a lhe ensinar, Tertúlia pede que as aulas sejam duas vezes por dia, querendo tirar o atraso. A partir daí as duas começam a trocar sorrisos e conversas, tudo observado pela Ir Tomasia. Dez dias depois, Ir Deodora não permitiu que Ir Tertúlia fizesse a aula de violão)

Ir De — Temporariamente, nossas aulas ficarão paralisadas. Fique mais em seu quarto lendo biografias dos santos e mártires e voltada para contemplação espiritual.

Ir Tert — Por quê?

Ir De — Não dei liberdade para questionamentos. Vá para as orações individuais. (Tertúlia sai, Deodora chora, e em seu quarto, Tertúlia chora e se flagela. A noite cai em uma forte chuva, depois do jantar todas se recolhem em seus quartos, já o padre se dirige à biblioteca. Deodora bate na porta do quarto de Tertúlia, esta abre a porta lentamente após uma olhar os olhos da outra.Deodora entra e Tertúlia fecha a porta. Sem pensar em nada, Deodora puxa Tertúlia e fala aos seus ouvidos) - Quero você, teu corpo, teus braços, tua boca. Todo o seu corpo percorro com o meu olhar. Dia e noite, noite e dia. (Tertúlia se despe e Deodora também, ao que se abraçam e se beijam, apenas com o som da chuva de fundo. No amanhecer do dia, Padre e irmãs recepcionam a Irmã superiora)

Ir Sup — Bom Dia! Que a chama do sagrado coração esteja com todas. Sua bênção, padre.

P — Seja bem-vinda, irmã. (lhe dá a benção) - Como foi o capítulo?

Ir Sup — Ótimo, a Irmã Josefina foi eleita para mais um triênio, a irmã Margaret será sua vice. Agora sim, As Filhas do Coração Misericordioso serão valorizadas como merecem pelo Vaticano.

P — A irmã não deseja sentar-se? (as irmãs e o padre continuam de pé ouvindo a superiora que se engrandece)

Ir Sup — Fui aplaudida de pé pela minha direção aqui no Brasil. Chegaram até a mencionar a possibilidade de ser secretária da madre geral. Porque antes de minha direção ás regiões nordeste e norte, contavam apenas com uma casa em cada estado, e agora não. Eu consegui despertar vocações na Bahia, quem poderia imaginar Caculé, nove meninas jovens e de famílias, e duas casas no Amapá.

P- És um exemplo, parabéns. Agora sentemos e façamos o desjejum. (a irmã, sem graça, senta e dá por falta de Deodora e Tertúlia)

Ir Sup — Irmã Deodora, por que não está aqui? (Entra Deodora)

Ir De — Bem-vinda, estava em orações.

Ir Sup— Muito bem, é nosso alimento.

Ir To — Para não cair em tentação.

Ir Sup — O que disse, novata?

Ir De — Em seu quarto, em contemplação.

Ir Sup — Ela deveria me recepcionar, quem lhe deu permissão?

Ir De — Eu.

Ir Sup — Tuas ordens terminaram à zero hora. Em zero hora e um minuto, voltaram as minhas. (Silêncio)

P — (em voz alta). Aquele que deseja ser o maior, que seja o menor dentre todos. A humildade é um anjo mudo.

(O padre foi embora. A perseguição e punição às irmãs namoradas começam. Primeiro, o incentivo ao castigo com silício, depois jejuns e orações que diziam poder exorcizar o mal que existia dentro delas. Tomando coragem, Deodora escreve ao Vaticano pedindo liberação dos seus votos. Tertulia já havia sido mandada embora um ano atrás. Para não ser excomungada, jurou não comentar sobre o que acontecera no convento a ninguém; assumiu dizer que sofria de problemas mentais. Após três anos, ao ser desligada da irmandade, Deodora viu a Irmã superiora se tornar secretária da madre geral e a Irmã Tomasia tornou-se superiora. Ao fecharem o portão atrás de suas costas, Deodora lembrou-se que alegremente lecionou, rezou e amou nos corredores. Pai-nosso que estás no céu, santificado seja Seu nome, venha...)

Um corpo esperando o domingo

NICOLETTA MOCCI

Segunda: a raiva

Ela tinha sentido cada golpe. O primeiro, sem palavras. O segundo, com deboche. O terceiro com "vou te matar". Golpes surdos. Golpes que pareciam vindos de um lugar sem tempo, sem cheiros, sem cores, sem luz. Aquelas mãos já tinham sido mais leves, mais atenciosas, mais doces.

Deitada na cama, no escuro, pensava em como tinha subido no carro e pisado no acelerador, fugindo daquele buraco negro. Dirigindo e chorando as lágrimas mais ardidas que já havia derramado. Criadas por uma raiva tão arrebatadora que ela não sabia haver dentro de si. Uma raiva que a teria levado a revidar, a ferir mais, mas a sensação de desgosto falou mais forte. E ela precisou colocar mais distância entre o próprio corpo e aquele outro. Aquele corpo informe. Aquele corpo que se tornou estrangeiro. Sem nada da familiarmente positivo.

    Ela estava tentando entender onde estava agora aquela raiva. Nas mãos? Não, elas eram as cópias das mãos do seu avô, até a pontinha das unhas. Aquelas mãos eram incapazes de reter raiva. Estava na mente? Ela acreditava que não, a mente já tinha ficado abarrotada no asco. Por dias a fio ela tinha decidido encher os dias de pensamentos de outras pessoas para que a ojeriza não descesse no coração. Será que a raiva estava lá, no coração? Ficou lá por um tempo. O tempo de entender que não tinha espaço suficiente. Então, ela desceu até os pés, e eles começaram a tremer. Ela levantou. Deu um chute na cadeira. Machucou-se. Bateu os pés no chão. Cada batida era mais forte até não possuir mais sensibilidade. Sentiu coceira nos olhos. Foi se olhar no espelho do banheiro. Aqueles olhos... ela estava bem ali. Latejando. Injetando aqueles olhos bonitos de vermelho. Ela queria só tirar a raiva de dentro. Não queria se olhar com aquela raiva e também não queria olhar ninguém daquela forma. Foi um segundo. Foi pegar a faca e, sem pensar, enfiou no olho direito. Sangue jorrou na pia. A dor foi lancinante. Logo depois, chegou a tontura, mas não antes de ver a raiva sair dos olhos junto com o sangue. Depois, o desmaio.

Terça: o ciúme

    Ela demorou para abrir os olhos. Estavam selados com um filete de remela bem sequinha. Sentiu o cheiro, aquele cheiro de paixão que estava ali entre os lençóis e, mais forte, naquele corpo ao seu lado. Desde a primeira vez que o viu, sentiu essa estranha sensação. Aquela vontade de grudar no corpo dele. Não foi o melhor sexo da sua vida. Outros tinham feito ela gozar mais. Outros tinham focado mais no prazer dela. O prazer com ele não estava no gozo, estava na urgência. Na urgência de senti-lo dentro enquanto se perdia naqueles olhos escuros. O prazer estava em perceber o medo que ele tinha de se doar e na vontade de se doar mesmo assim. O tesão estava no entrelaçamento dos dedos e no desvio do olhar quando a emoção cegava.

— Eu adoro isso — disse ele.

— Isso o quê? — Indagou ela.

— Isso — repetiu ele, passando a mão por cima da calcinha dela, que estava sentada na cama. Puxou as pernas dela até que a mesma jogasse o corpo para trás. — Isso — disse de novo, cobrindo o corpo da mulher com o seu e beijando seus lábios. — Esse teu cheiro — continuou descendo pelo pescoço e cheirando sua pele. —Você — concluiu, olhando dentro dos olhos dela.

Ela não imaginava que o vazio pudesse ser tão amplo, uma vez que não o tinha por perto. Sem fim. Ela não achava a saída daquele labirinto estonteante. E era um labirinto de muitos andares. Ela simplesmente caiu do andar mais alto quando o viu abraçado com a outra. Ao vê-lo sorrindo despreocupado com ela, sem medo. Que bicho era esse que estava arranhando seu coração? Que unhas longas, que barriga inchada e que rabo preto eram esses?

Ela sentia cada arranhada, cada sangramento. Esse bicho não saía sozinho. Ela sabia que tinha que fazer algo, a dor era insuportável. Olhou para a porta, deixou-a entreaberta e começou a se jogar contra ela com força. Cada vez mais. Ela não lembrava quando o bicho havia saído do peito. Talvez quando escutou aquele grito agudo. Foi do bicho ou foi dela? Não saberia dizer. A dor acabou, qualquer sensação acabou, para dizer a verdade. Ela não sentia mais nada, nem as batidas do próprio coração.

Quarta: o amor e o medo

Estava lá, olhando ela pular com os amiguinhos. O coração batia sempre mais forte quando a via feliz. Lembrou dos chutes que ela dava na sua barriga. Lembrou da madrugada em que ela nasceu. Tudo estava ruindo ao seu redor, mas estava feliz. Sentia-se plena. A bebê nasceu com os olhos abertos. Olhos grandes. Cravados nos dela. Com o passar dos anos, ela percebeu que esta filha vinha de outras vidas, de outros problemas e outras soluções, de outros rasgos e outros remendos. Ela vinha para aprender a dominar a impetuosidade com essa mãe, que passava os dias a dominar a própria intensidade. E vinha para ensinar para esta mãe como não ter medo de impetuosidade, fazendo-a lidar com frequentes surtos de todo tipo de sentimento. Raiva, amor, ódio, felicidade. Sumiam tão rapidamente quanto chegavam.

Ficava preocupada. Olhava para ela enquanto estava lá, pulando com as amiguinhas, correndo uma atrás da outra, rindo junto. Olhava o seu jeito de se apegar a uma delas, particularmente. Lembrou daquele dia em que chegou em casa, rindo feito uma louca e, de repente, desabou no choro.

— Julia vai mudar de escola, não vou mais ver ela... -
— Claro que vai, só que não na escola.
— Mas eu vou ficar sozinha na escola.
— Tem outras amiguinhas.
— Não é a mesma.

E o que ela podia dizer? Nada ia adiantar, nenhuma explicação lógica — naquele momento, pelo menos. Melhor deixá-la chorar enquanto sentia aquele aperto no peito e aquela ansiedade que devorava a mente. Ela conseguia controlar as suas reações, controlava toda a sua vida. Colocava tudo em caixinhas e as caixinhas nos seus devidos lugares. E a vida da filha? Essa não podia controlar. Nem conseguia imaginar como seria o futuro e isso acabava deixando a ansiedade sufocar sua mente.

Tinha noites que acordava no meio da madrugada e ficava acordada por horas, com a sua mente criando um problema atrás do outro. Pegava no sono e acordava de novo, sem conseguir respirar.

Foi do nada. Viu na farmácia.

— Tome no máximo dois — disse o atendente.

Mas o que o atendente sabia das lutas que ela travava no meio da madrugada? Começou com três, depois quatro. Chegou a seis no fim do mês. A ansiedade sumiu, claro. E sua vitalidade também. Não conseguia mais trabalhar. Não conseguia mais levantar da cama. Tudo não passava de um sonho. O último sonho mostrava-a tomando a caixinha inteira, numa noite só. E não acordou na madrugada. Foi o sono mais longo da sua vida. O último.

Quinta: o afeto

Ela estava organizando a estante de livros. Fazia isso cada vez que tinha muitos pensamentos a serem organizados. Para cada livro colocado no devido setor do estante (e limpo da poeira), um pensamento organizado e arquivado. Até que chegou naquele: "Terras do sem-fim" de Jorge Amado. Romance? Ensaio político? Psicológico? Histórico? Os pensamentos caíram no chão. Ela jogou todos os livros e pegou o telefone.

— Alô? O que foi? Está tudo bem? — disse a voz do outro lado.

— Joguei os livros no chão. Não consigo organizá-los. Não dá. Tudo está ficando fluido demais.

— Já estou chegando. Aguenta aí.

A amiga chegou. Ela sempre chegava.

— Onde eu coloco este?

— Onde tu achas que cabe? — Indagou a amiga.

— Em todos os setores — respondeu ela.

— Então coloca no meio de dois, depois no meio de outros dois, e assim por diante. Reveza de setor.

— Boa ideia!

A ordem voltou e ela conseguiu organizar a estante. Jogou-se nos braços dela. Braços cheirosos. Braços acolhedores. Braços fortes.

Braços longe, agora. Ela tinha partido para outro país. Tentou se enrolar no cobertor, na toalha de banho, em outros braços... Não funcionava.

E assim chegou a ideia. Aquela camisa, camisa de força, diziam. Que nada, era o ideal. Foi lá na casa do tio que tinha trabalhado num manicômio. O tio tinha levado para casa quando aposentou para nunca esquecer de que somos seres falhos. Machucamos os outros. Somos machucados e nos machucamos. Ela foi lá com uma desculpa, pegou e levou para casa.

Chegou em casa e a vestiu. Ah! Aqueles braços. Os seus próprios braços em torno de si.

Ela se sentiu bem no começo. Os problemas só começaram quando ela sentiu fome. Não tinha como abrir a geladeira.

Fome. A fome devorou-a por dentro... Por dentro daquele abraço aconchegante que se tornou cativo. Desolador. Mortífero.

Sexta: a decepção

Gesticulava. Muito. Fazia isso continuamente. Quando falava e especialmente quando dava aula. Parecia que as palavras só iam sair se os braços se movimentassem. E os seus alunos reparavam demais nisso, inclusive imitavam-na.
Foi um dia como outro. A diretora chamou.
— Preciso te substituir.
— Não entendi.
— A partir de segunda, outra professora entrará no seu lugar.
— Por quê?
— Não estamos vendo os resultados esperados.
Ela escutou cada palavra. Deixou passar das orelhas para dentro do sangue. E elas sedimentaram. Ela sabia que isso não tinha nada a ver com resultados, mas com pequenez. Com vingança. Mesmo assim, deixou aquela expressão "falta de resultado" entrar nos seus ouvidos. E seus ouvidos se tornaram caixas de som. Eles reproduziam tudo cada vez mais alto. Cada vez mais forte. Cada vez com mais eco. Quando ela comia. Quando ela tomava banho. Quando ela se vestia. Quando saía. Quando encontrava o novo ficante.
Estava comendo num restaurante. *Falta de resultado.* Mordeu uma batata. *Falta de resultado.* A picanha. *Falta de resultado.* A berinjela. *Falta de resultaaaaado.* Não conseguiu ter-

minar o prato. Foi no banheiro e bateu forte, ao mesmo tempo, nos dois ouvidos.

Outra cliente a encontrou deitada no chão. Deu um grito. E outro. E outro, mas ela não ouviu. Não ouvia mais nada, somente a sua própria respiração.

Sábado: vivendo

Acordou escutando o alarme. Esticou os braços e as pernas, até os dedos do pé. Abriu os olhos. Parou um segundo para sentir as batidas do coração e pensou: *Vou para a praia hoje!* -.

E foi. Maria foi para a praia. Ela e todas as outras Marias que matam uma parte de si e renascem a cada dia. Mais fortes. Fortes de costuras e remendos. Mulheres.

O bolo

ROSEMARY LAPA DE OLIVEIRA

Não há amor mais puro e verdadeiro do que o amor nascido sob a alcunha da amizade. O amor que nutrimos por pessoas que não nasceram na mesma família que a nossa, mas que escolhemos para fazer parte de nossa vida. Mulheres não são muito afeitas a muitas amizades, gostam de uma amiga querida do peito, daquelas para quem se conta tudo, com quem é possível dividir as tristezas, as alegrias; aquela que entende tudo, sem ser necessário dizer nada. Essas são amizades muito especiais, principalmente porque a convivência constante gera muitas memórias.

Uma vez, duas amigas — dessas bem chegadas — resolveram ser criativas na comemoração do aniversário de uma outra amiga muito querida. Afinal, não basta amizade, há de se inovar na comemoração! Como duas estrategistas, discutiram tudo nos mínimos detalhes com outras amigas para que a festa fosse uma surpresa, mas uma surpresa muito especial, pois a aniversariante era muito especial. Resolveram — as duas cheias de ideias — que levariam um bolo.

O bolo foi minuciosamente pensado, discutido, arquitetado. Estava perfeito nas cabecinhas criativas das duas amigas. Já que a aniversariante se chamava Emília, com a cara da famosíssima boneca Emília sairia o dileto bolo. Tão fácil de realizar tal empreitada! Lá, na cabecinha delas e, se de fato fossem doceiras, nenhuma angústia causaria tal feito: coisa muito simples fazer um bolo, o qual pronto e apresentado nos dá sempre a ideia de facilidade em sua produção, e ver um profissional ocupando-se de algo que seja de sua competência reforça mais ainda essa ideia de facilidade. Com essa esperança e desejo imenso no coração de que aquilo desse certo, as duas amigas iniciaram a empreitada.

Sendo o dia da comemoração uma segunda pela manhã, marcaram fazer a decoração do bolo na manhã de domingo para descansar no final do dia e se deliciarem com os resultados logo pela manhã. Compraram os melhores ingredientes, escolheram as mais interessantes decorações com minúcias. Ovos, farinha de trigo, fermento, leite, baunilha para dar um sabor especial, leite condensado, chocolate marroquino, ameixas, receita dobrada para representar o imenso carinho das amigas à aniversariante. Batedeira, assadeira. Tudo certo e as duas orgulhosas de si. Mas o forno, este terrível senhor das verdades e das realizações na cozinha, senhor de sonhos e pesadelos, desencantou seus orgulhos, fez a massa extrapolar seu espaço e mandou ao espaço as primeiras alegrias, mas nunca a esperança. Afinal, o que faz um bolo apresentável é o formato que se dá à massa, o toque final, a decoração. A ideia de fazer uma homenagem lúdica à aniversariante tendo como mote seu nome, não havia sido descartada.

A massa não estava bonita, mas estava agradável ao paladar e isso é fato da maior relevância para um bolo de aniversário, mas não era definitivo. Tal qual Ulisses em sua perseverança em vencer os desafios propostos pelo Olimpo para seu regresso ao lar, imbuídas da coragem de Vasco da Gama em vencer monstros marinhos e terminar sua empreitada, as duas heroínas dessa história não contaram tempo, não esmoreceram e partiram para a batalha.

Bem, não se pode dizer que elas tenham rendido homenagens a Homero ou a Camões, uma vez que os heróis de lá, apesar de todas as vicissitudes, saíram vencedores. Nossas heroínas foram vencidas e estavam mais para Machado ou Kafka do que para Homero e Camões, é bem verdade. Ainda assim, vale a pena contar o que se sucedeu, afinal, histórias de vencidos são tão heroicas quanto a de vencedores.

A mais crítica, metralhou: o bolo está horrível! A mais otimista contemporizou: sempre é possível fazer alguma coisa.

As duas amigas, sensatamente, resolveram chamar ajuda de um *expert*. A expertise condenou a produção e deu início à produção de nova massa para juntar àquela já produzida e dar o formato que se desenhava nas cabecinhas criativas das duas amigas. Nova massa pronta, cortaram o bolo daqui, ajeitaram dali, num esforço hercúleo para transformar massa disforme em bolo com a cara da boneca Emília; dedicação e matemática ajudaram bastante, mas não foram o suficiente. Fico imaginando o tanto de desaforo que ouviriam da tal boneca faladeira se pudesse presenciar tal empreitada! Ouviriam desaforo, mas não desistiriam, como de fato a boneca de Lobato nos ensina a tal da persistência.

Ainda assim, acredito que até a tal boneca de pano desistiria quando a massa já com recheio e início de decoração, caiu da plataforma onde estava e partiu ao meio, mas nunca nossas heroínas. Foi da otimista que veio a ideia: amarra a massa! A mais crítica só dizia desolada: tá feio, feio, feio... E a expertise, desolada, tentava ajudar de alguma forma.

O tempo passava e a massa já estava mais parecida com uma obra em construção: tapa buraco, preenche as rachaduras... com brigadeiro, recheio de ameixas, pedaços de bolo.

A massa estava remendada e começaram a se concentrar na decoração. Como usa o chocolate marroquino? Põe no micro-ondas. Quanto tempo?

Foi tempo demais!

O bolo parecia mais com o Quasímodo de Victor Hugo que com a boneca de Lobato. A amiga crítica estava certa: estava feio. Até a amiga mais otimista admitiu! E a expertise já se quedava vencida. O que fazer então? Já final de noite de domingo e o bolo tinha sido prometido para a manhã do dia seguinte. Procura que procura, encontram uma torta numa doceria, uma única. Final de domingo, quase tudo vendido. Compraram a torta, mas não desistiram da decoração. Mexe daqui e dali:

— Ficou foi feio, viu!

Explodiram na risada. Definitivamente não eram doceiras.

A famigerada massa amarrada e remendada, elas saíram distribuindo a quem interessado estivesse. E ela, assim esquartejada, ironicamente, até estava bem apresentada. O bolo, comprado e com algumas tentativas de decoração que lembrasse a boneca Emília, bem diferente daquele que estava em suas cabecinhas tão criativas, mas cheio de carinho, amor e desejos de muitas felicidades. Levaram-no para a aniversariante: conseguiram não dar o bolo.

Haviam firmado o pacto de não contar a sucessão de fatos. Iam assumir que eram a encarnação real de Dona Benta e Tia Anastácia, mas, diante de tal desrespeito à imagem dessas suas personagens tão bem construídas nos escritos lobateanos, assumiram a verdade e roubaram as atenções da festa com uma história engraçadíssima de como duas pessoas cheias de saberes foram vencidas por açúcar, ovos, farinha de trigo, chocolate e leite.

Viagem de trem

ANA PAULA DEL PADRE

Ia ser uma longa jornada para ela.

Ir tão longe assim, e ainda de trem...

Mas essa foi a condição que ela mesma se impôs. Exatamente porque precisava de tempo. Tempo para pensar, para respirar. Para colocar os pensamentos em ordem. Ou colocar ainda mais desordem neles.

Na mala, apesar de ter tentado ser mais concisa possível e não levar muita bagagem, só levando o essencial e aquilo que tinha mesmo que ser carregado, quando deu por si, já estava levando coisa de mais. De novo. Como sempre fez a vida inteira. Teve que rever aquela mala algumas dezenas de vezes, retirando extras, itens desnecessários, peças que ficariam ociosas e artigos fúteis, antes de realmente fechar a bagagem e partir para a estação.

Vicky era uma mulher incrível, apesar dela mesma não saber disso ainda. Estatura média, corpo esguio, cabelos escorridos e castanhos, olhos marcantes. Quando se permitia sorrir, seu sorriso encantava quem estava por perto. A beleza dela era muito sutil e delicada. Não era dessas mulheres que chamam a atenção por onde passam. Só nota tal beleza que brota dela quem está muito atento, e quem a vê de perto, porque a beleza dela vem de dentro também.

Escolheu um lugar na janela. Queria olhar as paisagens em volta. Queria ver tudo ao seu redor. Enxergar os detalhes. Observar as minúcias. Ver cada particularidade e admirar os pormenores da viagem, do caminho e da vida. Principalmente da vida. Queria ver as nuances do dia, do entardecer e da noite.

De preferência, não queria ninguém sentado a seu lado. Queria viajar sozinha. Como há muito não acontecia. Ela sempre esteve acompanhada, a vida toda. Já era hora de estar só. Usufruir dos benefícios da solidão. Precisava estar acompanhada de si mesma.

Queria não se preocupar com o destino, só com o caminho, com a jornada. Com a jornada de trem, mas, principalmente, a jornada para dentro de si mesma.

Por sorte ou azar — vai saber —, talvez conseguisse se reencontrar neste longo trajeto. Dar de cara consigo mesma em alguma parada daquela viagem. Esbarrar em quem é de verdade. Tropeçar nela mesma seria o ápice. Aí poderiam conversar e entender porque tantas versões diferentes ocuparam o papel que era dela de direito. Tantas variantes da mesma pessoa. Umas boas, outras nem tanto. Será que alguma realmente a representava em sua essência?

No percurso da locomotiva, entre um cochilo e outro, alguns sonhos ou devaneios lhe vieram à mente. Numa cafeteria, em uma vila bucólica muito charmosa, ambiente rústico e acolhedor com cheiro de madeira, Vicky estava sentada numa das mesinhas do lado de fora. A mesa era coberta com uma toalha de tecido com estampa de flores. Deviam ser margaridas. Sim, margaridas, provavelmente.

O garçom foi atendê-la, mas ela preferiu não pedir nada naquele momento:

— Obrigada, mas prefiro esperar um pouco mais. Estou esperando algumas amigas. Faço o pedido assim que todas tiverem chegado.

Seria uma ocasião especial. Nunca antes todas elas estiveram reunidas. Até então, quando uma entrava em cena, a outra tinha que sair. Não podiam coexistir. Não eram capazes de estar no mesmo lugar ao mesmo tempo. Uma anulava a presença da outra. Uma no palco principal, as demais nos bastidores. Foi assim por muitos anos.

Não era bem pelas amigas que Vicky esperava de fato, e sim, as muitas versões dela mesma. A Vicky mãe, a Vicky esposa, a Vicky administradora de empresas, a Vicky filha, a Vicky mulher, a Vicky aspirante à escritora, a Vicky forte, a Vicky frágil...

Como um acontecimento épico, lá estavam todas as "Vickies". Sentadas ao redor da mesma mesa. Naquela simpática cafeteria em algum lugar ao redor do mundo. Coexistindo. Conversando. Dialogando. Discutindo. Fato histórico. Muita roupa suja para lavar. Muitos pingos para serem colocados em milhares de "is". Muitas conclusões e definições diante delas.

O garçom desta vez teve dificuldade de ser notado, porque elas estavam muito entretidas; as conversas acaloradas fluíam em alto e bom tom, mas finalmente conseguiu que uma delas dissesse:

— Champanhe, por favor! Da melhor qualidade! Traga muitas taças! Vamos todas brindar juntas! Temos muito a comemorar.

E, acordando daquele sonho, devaneio ou realidade paralela, Vicky se viu sentada na poltrona do trem novamente. Pôr do sol do lado de fora da janela transparente da máquina a vapor...

Deixou-se admirar aquela paisagem incrível. Nem se recordava mais há quanto tempo não parava para apreciar uma obra-prima da natureza. Mesmo que essa, às vezes, aparecesse escancarada diante de suas pupilas.

Mas agora era diferente. Depois do encontro regado a champanhe com as outras "elas" lá na cafeteria, descobriu que não precisava escolher qual melhor versão de si mesma iria adotar para o resto de sua vida. Ela definitivamente não tinha melhores versões. Nem piores. Eram somente diferentes e variadas versões.

E agora que elas todas sabiam coexistir dentro da mesma pessoa, tudo seria mais leve. Mais fácil e mais prazeroso.

Agora, ela poderia seguir a viagem de trem até o destino final. Já poderia permitir até que alguém sentasse na poltrona a seu lado. E também iria aproveitar a próxima parada para fazer umas comprinhas. Achou que talvez a bagagem estivesse vazia demais. Possivelmente já caberia na mala alguns extras e supérfluos novamente. Algum xale amarelo ou casaco lilás que ela provavelmente nunca irá vestir!

Alô 191!

PRISCILA MATOS

Gostaria de saber o quanto um porteiro sabe da vida alheia. Estou neste prédio há exatos três anos e sempre tem o Nelson para me cumprimentar quando chego. "Bom dia", "Boa tarde" e "Boa noite". Minha vida já não é tão reservada quanto gostaria. O quanto será que ele sabe?

— Boa noite, dona Sônia! — Nelson me recebe com um sorriso largo no rosto do outro lado da janela, na guarita, que é seu mundinho.

—Boa noite, Nelson! Tenha um ótimo trabalho. — respondo com um sorriso amarelo.

— Obrigado, dona Sônia!

Era isso. Sem muitas delongas. Claro que nunca dei motivo para prolongar esse diálogo. A não ser quando precisava falar sobre a Fátima do 201, uma senhora abusada que já devia estar beirando seus setenta anos. Mulher de pouca fé e moderninha demais. Chegou um tempo em que pude admirá-la pela história de vida, mas depois vi quem realmente ela era. Uma manipuladora, uma sabichona. Achava que podia influenciar todo mundo com seus discursos repletos de efeitos. Era uma política nata. Não é à toa que todos gostariam de vê-la como síndica. O elevador chega até o décimo nono andar. Que número para ter um apartamento, 191. Rende muitos trotes via interfone se quiser saber. A mesma rotina todo domingo depois do culto. Confiro se o tapete do corredor está corretamente colocado, abro a porta, coloco a bolsa na cadeira da sala de estar e vejo que a TV está ligada em um programa esportivo, com Djalma dormindo. Somos casados há trinta e dois anos. Tinha dezessete quando engravidei pela primeira vez. Como de costume, havia sido uma cerimônia de casamento rápida, para que não levantassem suspeitas. Perdi o bebê no sétimo mês. Depois de anos tentando, tive Pedro. Hoje ele está com 23 anos. Estuda, trabalha e é um filho que toda mãe gostaria de ter. Educado e devoto. Apesar de nunca ter me dado dor de cabeça, ultimamente ele anda abandonando o culto. Djalma nunca me acompanhou em nenhuma pregação, mas Pedro sempre havia sido meu companheiro. Íamos todas as terças, quintas e domingos. Chegou a entrar para o grupo musical. Nunca fui tão grata a Deus pelo filho que me deu e sempre vou fazer o que estiver ao alcance para deixar meu presente divino feliz.

— *Chegou*, Sônia? Prepara um pão com queijo e tomate. Minha barriga está gritando aqui. Djalma como sempre me recebe calorosamente.

— *Sabe aonde Pedro foi?*

— Algo parecido com sair com os amigos da agência. Que diabos ele faz da vida?

— Trabalha em uma agência de publicidade. Sabe essa propaganda que está vendo na TV, ele...

— *Meu lanche já está pronto?* —Essa é a maneira gentil de responder "não me interessa".

— *Quase pronto querido.* — Não era fácil manter um diálogo com Djalma. Por anos sendo o mesmo homem — direto —, mas eu nunca havia me acostumado.

Eu peço todos os dias em minhas orações para que ele possa ser novamente o Djalma de trinta e dois anos atrás. Aquele que me fazia sentir a pessoa mais importante em sua vida. Não preciso daquela paixão avassaladora, afinal sou uma mãe de família. Só quero saber que estou aqui para fazer muito mais do que servir um lanche de queijo e tomate. O pastor me disse que vejo novelas demais e que a sociedade me implanta uma ideia errada de que devemos ser livres quando a felicidade está em servir. No fundo, sei que ele está certo. Muitas pessoas dariam tudo para estar no meu lugar. Quando ando de carro pelas ruas no centro da cidade, percebo que tenho muitos privilégios que muitos nunca terão. Um lar, uma família e um sustento. Não sei o que está me deixando abatida nos últimos meses. Costumava não me importar com Djalma. Costumava me sentir lisonjeada com qualquer trabalho doméstico porque me engradecia como mulher do lar. Sempre sendo o pilar da casa. Às vezes acho que a culpa é daquele Nelson, sempre educado, sempre disposto a me ouvir e sempre sorridente. E para piorar, Pedro está ficando cada vez mais longe de casa, o que me deixa ainda mais abatida. O que um filho não consegue mudar em um lar! Sinto falta inclusive das brigas, de quando deixava a toalha molhada na cama, do quarto desorganizado e das respostas atravessadas. Mas não vejo mais nada disso desde que ele começou a trabalhar na agência. Quando Pedro nasceu, eu cheguei a desejar a vida que tinha antes, sem aquele choro de bebê me acordando à noite e com meu corpo sendo o corpo de antes. Mas hoje quero exatamente o que me atormentava. O pastor chegou a supor que Pedro estivesse usando drogas. Induzida por essa paranoia, fui procurar não só uma, mas várias vezes nas coisas de Pedro algo que pudesse confirmar isso. O pastor me disse também que não é recomendado que os fiéis tenham o tipo de trabalho que Pedro tem. Mas não posso me opor à decisão de Pedro do que fazer na vida. Se não fosse pelos meus pais, teria aprendido equações mais complicadas no ensino médio e quem sabe ser uma engenheira, mas precisei parar no magistério. Lembrando dos meus pais, recordei de quando minha mãe dizia que confiança se constrói e acho que Pedro já não confia mais em mim. No fundo, ele sabe das minhas suspeitas. Ele sabe que mudou seu comportamento. Depois de entregar o lanche para Djalma, fui ver minhas redes sociais. Aprendi a mexer no celular com ajuda de Pedro. Criei uma conta no Instagram, mas não sei nada além de clicar nas fotos duas vezes e aparecer um coração quando eu gosto do que vejo.

Já passa da meia-noite e preparei um chá de camomila, recomendação da nutricionista da Alzira, que mora no 196. Djalma foi dormir depois de comer o lanche que preparei. Após anos trabalhando como professora municipal, gozo da minha aposentadoria com certa estranheza. Pedro abre a porta que dá para a cozinha e me encontra vestida no meu robe cor de rosa, encostada no fogão.

— *Mas mãe, ainda acordada?* Encontra-me com um beijo apertado na têmpora.

— *Corrigindo prova, querido.* A mesma piada dos últimos dois anos. Já virou rotina responder com ela.

— *Aposentadoria então tem seus benefícios!*

— *E não é?!*

— Terça irei ao culto com a senhora. Continua sendo às 19:30? — Pedro abre a geladeira e pega uma garrafa de água sem olhar diretamente para mim.

— Continua sim, querido.

— Então, marca na agenda. Seu filho precisa ser seu filho. — Ele coloca o copo na pia e envolve minhas bochechas com as mãos. — E por favor, sem mais visitas ao meu quarto.

Meu filho estava voltando a ser meu filho.

❧

Não sei quanto tempo havia passado desde a última vez que Pedro havia me acompanhado no culto, mas lá estava ele novamente. E nada importava. Nelson nos olhou com olhos curiosos. Imaginava que ele e Pedro tivessem quase a mesma idade. Pelo que sei, Nelson parou de estudar no ensino médio e resolveu seguir a carreira do pai. Passamos na casa de uns amigos do Pedro que iriam nos acompanhar ao culto. Marciana que era uma senhora de sessenta e um anos, com um cabelo todo grisalho e usava bijuterias gigantes, e o filho Lucas, que devia ter uns vinte e um anos, corpo magro, cabelo negro como o de Pedro e algumas marcas de espinhas no rosto. Lucas e Pedro trabalhavam juntos. Fiquei sabendo a caminho que ele havia perdido o pai recentemente e, apesar de Marciana já estar separada do marido há mais de dez anos, foi ao culto prestar homenagem para o homem que acreditava que a fé podia fazer muito pelas pessoas, desde que guiadas por clérigos sensatos. Já gostei do falecido mesmo não podendo conhecê-lo. Lucas parecia um pouco desconfortável e inquieto durante o culto. Marciana me disse, quando fomos na lanchonete, que havia sido a primeira vez que Lucas havia frequentado uma igreja evangélica. Fora educado e criado na igreja católica, e o pai, na juventude, tentara ser padre. Eu sabia muito bem como Lucas se sentia. Havia participado das missas católicas até Pedro nascer. Fui conhecer a igreja que frequento hoje através de uma amiga que trabalhava junto comigo na escola primária do nosso bairro. Passávamos tanto tempo juntas que resolvemos agregar esse tempo também aos domingos. Depois da lanchonete, deixamos Marciana e Lucas em casa. Insistiram para que ficássemos e até tomássemos um café, mas depois de muito custo, conseguimos ir embora, sendo ovacionada pelos meus problemas gástricos, que me transtornavam sempre que encostava a boca em uma xícara de café. A caminho de casa tudo estava muito tranquilo. Pedro me contava sobre a agência e em como foi difícil para Lucas se recuperar do luto pelo pai. Disse-me que Marciana foi fundamental para o filho não perder a cabeça. Pelo que Pedro me disse, o pai de Lucas havia sido um professor de filosofia, logo depois de abandonar o seminário, e um grande amigo, além de incentivador não só para o filho, mas também para com Marciana. Pelo que entendi, o homem havia abandonado a esposa para casar com uma aluna de um curso de especialização que ele ministrava. "Como uma mulher podia manter amizade com um desgraçado desse? Abandona Deus para casar e depois abandona o casamento para uma aventura infantil".

— Pelo bem do filho — Pedro disse quando desabafei em voz alta.

Após estacionar o carro na garagem número dois do apartamento 191, Pedro deixou o motor ainda ligado e o ar condicionado também. Precisava me falar algo urgente. Apenas nós dois.

— Sei que não vai ser fácil dizer o que vou dizer, mas ainda serei o filho que sempre fui e a acompanharei onde quer que a senhora me diga para acompanhar...

—Você está feliz? —Eu disse, interrompendo bruscamente a fala de Pedro.

— Como?

— Antes que me diga qualquer coisa, quero saber se está feliz?

Minha maior fraqueza foi não deixar Pedro dizer aquelas palavras. Terminar de dizer quem ele realmente era. Não por não querer ouvir, mas porque não podia ouvir. Não depois do que me forcei a acreditar durante meses só para poder me confortar. Sim, preferia um filho drogado, mas não um filho que dormisse com outro homem. E ainda Pedro me leva esse homem no culto, onde eu sempre me sentia protegida. Todos viram Pedro com Lucas. Todos viram que estávamos como uma família. E o pior é que isso foi bom, porque Pedro é minha família. Mas tem algo dentro de mim que não deixa assumir a mim mesma quem meu filho é. Mas também há algo que quer vê-lo feliz, independente de "com quem". Não sei por quanto tempo durou aquela conversa. Logo que entrei no apartamento, deitei na sala e adormeci. De manhã, quando acordei, tanto Djalma quanto Pedro já haviam saído. E sabe o que mais me dói? Djalma sempre soube e aceitava quem o filho era, desde que Pedro pagasse suas contas e não enchesse o saco de ninguém. Estou puta com isso também... Mas se minhas palavras foram ditas de maneira certa eu não sei... se minha reação poderia ter sido outra, também não sei. Só sei que Pedro é meu filho e um dia, por mais que me doesse pensar assim, seguiria seu próprio caminho, assim como segui o meu. Todas as minhas escolhas tiveram consequências, inclusive a de amar incondicionalmente meu filho. O casamento pode não ter sido aquilo que enalteci desde jovem, mas casei com o homem que amava e ainda o amo, mesmo com todo aquele jeito dele que me desagrada.

Seja qual for o caminho de Pedro, ele sempre será meu filho. O que mais uma mãe pode desejar além da felicidade do filho? Como poderia dormir tranquila satisfazendo a vontade de terceiros a custo da felicidade do meu filho? Só para que preenchesse um capricho deles? Não vai ser fácil para Pedro, assim como não vai ser fácil para mim. Estamos vivendo na mesma sociedade, mas não consigo acreditar que ele tenha feito eu passar pelo que passei. Era minha igreja. Era o meu espaço, e ele o invadiu com esse garoto. Mas mesmo assim, vou dar o suporte que ele precisa. Fazer o que uma mãe deve fazer pelo seu filho. Se no fim disso tudo eu tiver agido errado, que não seja a custo da felicidade de Pedro. Acerto-me com Deus conforme a vontade Dele e não a do pastor. O pastor, aliás, já deu a sua sentença assim que pôs os olhos no meu filho junto com Lucas. Falando nisso, preciso achar uma nova igreja...

Bom, fiquei mais de duas horas deitada no sofá conversando com meu "eu interior". Já havia montado esse monólogo na minha cabeça durante todas as idas à igreja. E parecia ter sido mais fácil quando me imaginei falando para outra mãe que se encontrava na minha situação atual. Sabia que cedo ou tarde, Pedro me contaria o seu grande mistério. E por mais que quisesse que ele confiasse em mim, como confiou no pai, eu não me preparei realmente para saber da verdade. Não tão cedo. Houve um dia em que passei horas em frente ao espelho do banheiro. Parecia até outra pessoa falando comigo. Outra pessoa dizendo aquelas palavras como se fossem as palavras certas a se dizer, mas tão difíceis de entender. Nesse tempo todo, vendo minha própria imagem me observando no reflexo, pude perceber o quanto havia mudado. Inclusive minhas roupas. Não lembrava mais nem das pintas que cobriam meus ombros. Quando me casei com Djalma, eu não tinha nenhuma peça com manga muito comprida em nosso guarda-roupa. Minha pele clara logo foi manchando, mas eu adorava sentir o calor dos raios do sol batendo contra ela. Vi as rugas, ou melhor, linhas de expressão — que acho mais moderno de falar —, que tinham surgido com o tempo, e vi que não era a Sônia de cinco, dez, quinze anos atrás. Como pude mudar tanto? Imaginei que fosse somente Djalma que estivesse mudando tanto fisicamente como afetuosamente, mas eu também havia mudado. Tudo para manter essa família onde está. E por isso meu monólogo sempre fazia muito sentido. Teve um dia que participei de uma reunião de finanças pessoais e uma pessoa disse que, a cada cinco anos, a economia sofre uma interferência que pode abalar as estruturas. Ao meu ver, realmente faz todo sentido. Não somos os mesmos de anos atrás. Vamos nos moldando enquanto ainda respiramos. Acho que Pedro sabia disso e foi me moldando conforme ele podia. E eu achando que eu fazia isso! Pedro teve a coragem de ser quem um dia eu já havia desejado os piores males. E tentei influenciá-lo a odiar. No fundo, tenho muito mais a aprender com meu filho do que ele comigo. Levantei e interfonei para Fátima. Ela não me atendeu. Liguei para Nelson perguntando onde estava Fátima. Para minha surpresa, ela estava na guarita, aguardando Nelson trocar de turno com o porteiro do dia. Era típico da Fátima, sempre ficava de ponto para saber tudo que rolava no prédio. Era uma das conselheiras, pelo que sei, mas precisava mesmo de toda essa intromissão? Mas enfim, preciso falar com ela. Só espero que não fique de conversa com Nelson sobre o que falamos uma com a outra. E por falar em Nelson, outro dia o vi no mercado de mãos dadas com um rapaz que parecia ser mais velho que ele. Descobri mais tarde que esse rapaz era amigo de Pedro. Então Nelson sabia. Sempre soube e me olhava daquele jeito, me tratava daquele jeito só para me deixar sem reação.

 Insisti na ligação para Fátima mais algumas vezes. Que diacho de mulher! Se eu não quero saber da existência dela, ela me faz questão de avisar onde está. Agora que preciso dela, ela some. Depois de inúmeras tentativas, consegui falar com Fátima e a convidei para um chá, só nós duas.

 Quero saber como ela consegue mexer nesse maldito Instagram.

1205

DANE DIAZ

❧

 Há pouco ouvi da boca da minha amiga uma história que ela mesma viveu aqui no Hotel Capri. Sirena tirava a roupa reluzente que evidenciava a limpeza que ela era capaz de fazer. Falava pelos cotovelos, como de costume. Tem vezes em que eu consigo desligar o botão dos meus ouvidos e ficar apenas dentro dos pensamentos, mas até que aquele enredo tinha jeito de ser dos bons.
 Foi um fato de um dia, quase que como os outros, mas não. Era daqueles em que tudo que devia acontecer, não acontece, e faz com que ele seja diferente. Eu e ela terminamos a tarde de serviço. Andar doze, é o nosso. Tirei o meu uniforme e a menina resmungou sobre o telefone que esquecera em algum dos quartos vazios do décimo segundo.
 — Começa pelo último — eu sugeri e ela seguiu.
 A Sirena cruzou o corredor todo com pressa, pensou na condução que passaria em menos de cinco minutos. Queria ir

para casa. Que estivesse logo no primeiro, porque visitar todos os dez que estavam sem hóspedes daria um bocado de trabalho.

Para não perder tempo, foi mesmo direto ao *doze-zero-cinco*, o do canto. Aqueles todos do final cinco são os melhores. Quando tenho uns minutinhos, me acomodo, ponho os pés na mesa e finjo que sou hóspede, e não a camareira. Procuro nas nuvens as respostas para as minhas perguntas. Com tanto vento, elas quase não aparecem. E quando surgem, não são daquelas de formatos esdrúxulos — talvez por isso minha vida seja tão comum quanto as nuvens que me servem de oráculo.

Sirena encontrou a porta que não estava trancada e a cortina longa voava para o meio do quarto. Por sorte não havia chovido muito para cá, pois ela já deixou muitas suítes escancaradas. Minha colega praguejou, não lembrava de ter deixado a janela aberta dessa vez. Cada segundo era precioso, o autocarro não ia esperar.

Bem braba, Sirena agarrou a cauda do pano em um abraço e começou a enrolar. Pegou no vidro para bloquear o vento e foi aí que ela gelou.

— Não — a voz disse —, se você fechar eu não posso mais desistir.

Também foi aí que ela perdeu o transporte para casa. A menina não me contou, mas eu sei que ela ficou em dúvida. Quem não ficaria? Cada um com seus problemas. Acontece que a pessoa já sabia que Sirena estava ali. Não dava mais para procurar pelo telefone. Não dava mais para fingir que não tinha ouvido. Não dava mais para pegar a condução. Não dava mais...

É estranho como nos deixamos envolver pelos problemas. Os novos chegam até nós como que chamados pelos antigos. Eles são amigos, querem a companhia um do outro e desejam fazer uma festa, todos juntos. Os mais graves são como as personalidades importantes, todo o resto dos convidados fica de lado quando elas chegam. Não que os outros tenham pouco valor, só que na hora da reunião, temos de decidir a quem dar atenção. A minha amiga viu que estava nesse enrosco. Uma personalidade ilustre compareceu e ela sentiu a obrigação de mostrar cortesia.

Sirena enfiou o nariz um tanto para fora e viu o mar lá embaixo, as ondas batendo nas pedras. O corpo quase que ficou vazio. O líquido da vida chacoalhou-se por dentro dela e por pouco não lhe saiu pelas orelhas. Deu um passo para trás por conta da vertigem. Não conseguiu ver a cara da pessoa, mas tinha certeza de que estava ali, porque enxergou o pé firme no parapeito e a mão que segurava na janela.

Sirena tinha suas dúvidas sobre o desejo verdadeiro do ser do outro lado da parede. *E se lhe fosse dada a oportunidade de ter o que deseja, desistiria de pular?* Pensou que aquela era uma grande criança mimada, das que não aceitam perder a brincadeira e ameaçam com o fim da amizade. Quando ela entrava em um jogo, não gostava de ver a choradeira dos perdedores, mas não tinha escolha daquela vez.

A família de Sirena é de nativos daqui da ilha. O pai domina as águas em seu pequeno barco. Ela viu um lá, balançando no oceano, ao longe da areia. Azul e branco como o dele. A mãe tem respeito pelas sereias, os seres misteriosos que podem impedir o marido de voltar para casa ao final das manhãs. Pensou em fazer da filha uma criatura dessas, das que dominam os outros. Assim, não teria o mesmo medo de que Sirena não voltasse para casa ao entardecer.

Ela não gosta do nome que a mãe deu. Acha esquisito. Não. Bizarro, ela diz. Mas isso é igual gente que não acredita em Deus; na hora do aperto, recorre ao Senhor.

Um pensamento veio na cabeça: precisava usar das suas palavras para convencer aquela criatura a sair dali, mas que não fosse para as profundezas do mar, como deseja uma sereia de verdade. Não era sua intenção ser testemunha da perda de uma vida. Entre outras coisas, atrasaria lhe mais ainda no intuito de ir embora.

O transporte já estava perdido. Ia chegar tarde em casa de qualquer maneira, não custava tentar. Pensando no poder da sua voz, apelou para a inspiração da mãe:

— Por que você está fazendo isso? Tem que haver outra saída. Eu posso ajudar.

E assim, ela emendou uma frase na outra. A melodia que mal dava espaço para a respiração. Falou por uma hora inteira. A água, antes azul, já refletia o laranja do adeus do sol.

Olhou para o relógio; era o segundo transporte perdido. Decidiu recomeçar, mas a pessoa não deixou:

— Chega. Vou pular.

Ela jura que viu a mão largar da borda da parede.

Sirena não gritou.

Silenciou.

Esperou.

A mão voltou.

Ela quis saber, no mesmo instante: *Será que é isso? Devo ficar quieta? Será que sou uma sereia ao contrário?* Tentava pensar nas próprias respostas. Já nem lembrava da criatura na janela, pois enrolar os caracóis dos cabelos com os dedos era o trajeto para a música em sua cabeça. O som interno que seduzia a si mesma. Minha amiga pousou a mão no peito como que para acalmá-lo do susto ao ouvir a pessoa do outro lado da parede:

— Ela me deixou — a voz disse. — Eu não partilho, eu não sonho. Ela não vê futuro ao meu lado, não me ouve planejar. Pensa que não desejo algo melhor e foi atrás disso, mas ela não me deixa falar.

Sirena ficou ali, muda. Por dentro e por fora. Apoiou a cabeça e as mãos na construção fria. Tentou sentir a pessoa. Pediu para que as protetoras das águas a ajudassem a tirá-la dali. A pegar o ônibus. A achar o telefone.

Silêncio.

Será que falou tudo?

Vai se jogar?

A minha colega estendeu a mão. Tocou nos dedos brancos de tanta força que faziam. Não queria morrer, a pessoa. Tinha medo. O contato aliviou a pressão no concreto, trocou a segurança fria pelo quente dos dedos da sereia silenciosa, por fim.

Sirena agarrou no pulso com força. Puxou o corpo para o quarto com ela. Tremeram no abraço, as duas. Testa com testa, olhos fechados, mas ela via. *Faz parte dos poderes?* Queria saber.

O beijo banhado com as lágrimas tinha gosto de mar. Talvez sabor de beijo de sereia. Só quem sobreviveu a ele pode dizer.

— Sinto muito — Úrsula gemeu. — Volta para mim?

— Volto sim.

Eu não sei se era verdade... se ela ia se jogar ou se ela queria só chamar a atenção da Sirena. A Sirena estava matando a amada aos poucos de tanto falar?... De nunca calar? O que importa é que estão bem, as duas namoradas. E até agora, não sei se ela achou o telefone.

Três anos mais tarde

JULIANA GUEDES

Eu já estava completamente apaixonado por ela quando deixei a maçã mordida cair de minhas mãos na areia da praia.

Estela andava flutuando. Seus pés pequenos e rosados usavam uma sandália branca, as unhas estavam pintadas de vermelho e aquele vestido azul ondulava como o mar do Farol da Barra. Armou o guarda-sol cor de caramelo próximo ao meu e sentou-se na canga com estampa do Olodum. Os cabelos eram leves, encaracolados e castanhos. Tudo em Estela tinha um aspecto celestial, desde os movimentos do seu retangular corpo até a sua voz. E que candura de voz! Escutei-a, pela primeira vez, chamando o vendedor de cocos. Foi quando lembrei que ela não estava mais comigo, fazia dois anos, pois tinha voltado para a sua casa, em Portugal.

As maçãs sempre me conectavam às memórias com Estela. Nós nos sentávamos na praia, ela trazia uma cesta de frutas e me oferecia sempre uma maçã com uma pequena mordida vinda de seus lábios suculentos, enquanto eu tocava a plenos pulmões "Let it be", dos Beatles, no violão preto com cordas de nylon. Não tínhamos perdido totalmente o contato desde aquele verão inesquecível. Eu a acompanhava nas redes sociais, mas ela, sempre muito reservada, pouco postava e quando o fazia, tinha apenas relação com as suas pesquisas sobre o barroquismo e a ordem dos franciscanos. Inclusive, ela veio a Salvador para recolher dados sobre as igrejas seiscentistas e continuar os seus estudos de antropologia no estrangeiro.

Depois de um ano, Estela começa a postar fotos de seu filho recém-nascido. Neste período, passei uns trinta dias no sofá, sem vontade nenhuma de comer: queria apenas estar deitado e esquecer o mundo inteiro. Estava totalmente estilhaçado e os meus olhos pareciam em estado catatônico, olhavam para um ponto único no teto. Você já sentiu também uma depressão de amor? Eu nunca acreditei muito nisso, sabe. Então, precisei morder a língua e sentir na pele a alma se esvaziar do corpo, deixando-me magro, sem brilho nos olhos e vagando pela casa, como se o tempo estivesse a passar diante de mim e os meus gestos fossem sempre retardados pelo vento quente que corria no ar.

Acredito ter saído dessa com a ajuda de Caramelo, um gato de rua, adotado por nós dois, com pelos bem amarelados e olhos verdes de serpente, que lembravam muito os de Estela. Afinal, precisava sair de casa para comprar a ração do bichano e decidi me vingar desta gravidez, tentando ir para a cama com uma velha amiga. A tentativa foi frustrante e passei a noite em claro, visitando o perfil de Estela no Facebook. Eu a amava muito e não acreditava que ela tivesse esquecido do nosso romance tão sincero de oito meses antes, mesmo segurando essa criança nos braços.

Até então, ela não tinha mais se comunicado comigo, mesmo eu tendo enviado meus parabéns pelo bebê. Eu sentia muita vontade de proteger Estela e o seu filho. Ele era tão mimoso de bochechudo, tinha o nariz da mãe e parecia sempre emburrado nas imagens, assim como eu. Vocês não fazem a mais remota ideia de como odeio ser fotografado. Talvez seja mal de músico, pois tenho amigos que sofrem da mesma fobia. Eu não sou um homem romântico, sempre tive muitas oportunidades com a mulherada nas noites de apresentações, mas esta portuguesa de Lisboa conseguiu algo sobrenatural. O cheiro das maçãs exalava em todo pôr do sol que via lá na praia, trazendo o rosto de Estela no amarelo do entardecer.

De repente, começo a perceber que Carlos — nome da criança —, de fato, se parecia muito comigo. Assim, comecei a fazer alguns cálculos do tempo do nosso encontro na praia até agora e matei a charada. Comprei uma passagem de avião, deixei o gato no vizinho do andar de cima e fui fazer o teste de DNA em terras lisboetas.

Dias depois, a água escorria na cabeça quase sem cabelos de Carlinhos, pelas mãos de um frei franciscano. Nós três saímos do batizado, estendemos a canga da Estela com a estampa do Olodum na areia, e sentamos esfuziantes. Abrimos o cesto de maçãs e peguei o violão, tocando "It's a long way", de Caetano Veloso.

A pele que habito

ALINE HORTOLAN

❦

O que visto além da pele? Macia, leve e delicada, contorno sombreado e pouco ofuscado pelo tempo; voz rouca estremecida pelo timbre pálido das incertezas. Esta é a pele que habito confortavelmente, e nela assim descanso e conforto minhas dores, disfarço os meus temores e oculto a minha nudez. Com ela me reinvento, me encaixo e me desloco, nas tentativas de transcender e ecoar o meu silêncio recalcado das profundezas significantes, assim como quem vive o inferno em um estado manso e adormecido.

 E assim vou…. partindo desta monotonia, esvaecendo deste cansaço inoportuno e desta indignação persistente do hoje. Atualidade sarcástica! Peso de Atlas que embaraça o meu percurso, acelerado por estas montanhas consistentes e fervorosas de sonhos. Cabra solitária buscando sua ametista. Eu, que tampouco me contento com o que é demais para mim, enjoo desta manhã, deste hoje, deste tudo! Insatisfação esta com atual condição emotiva, turbulenta, inconstante e sufocante, de ares que preponderam à ilusória realidade que tolero. Havia o desejo avassalador de me resgatar, de se trazer de volta, porque a vida se tornara tediosa demais, cansativa, rude e encolhida. De nada adiantava fazer de conta que eu não tinha nenhuma responsabilidade sobre mim e, sobretudo, nas escolhas repetidas que vivenciava. Pois o tempo todo a única ausência evidente era sobre mim, mesmo que por ocasião tivesse que experimentar descontentamento e o espasmo diante da indiferença do amor. Para que insistir em vazios sem significados, no silêncio das palavras frias, no irreal, no fim de um irreversível amor. Este, que para qualquer pessoa teria sido algo natural, mas para mim, nunca foi o simples, o óbvio e o complemento. Sempre a distância, o abandono e o sentimento triste. O que estou buscando neste trecho de vida? Fragmentos? Sobras dos lixos de terceiros?

 O que me resta pensar deste sonhar em vigia, espionando os arredores pela insegurança de se tornar esquecido e solitário. Sensação sufocante neste universo de represália de si próprio, no íntimo ser. Convido-me ressurgir à realidade, aos pensamentos realizáveis sobre desejos de concretizar o que de fato é fato, melhor assim! Mas, que fragilidade é esta, findando minha ousadia? Onde está o deslumbramento do próprio eu, das idealizações e da aptidão de lustrar o diamante que reluz, mesmo opaco. Estou tonta! Com os pés adormecidos... Almejo ressignificar meus sonhos e reassumir minha liberdade, voltar a mim mesmo, evocar para o centro de minha subsistência, observar-me para além dos arredores. Renascer de um sono preguiçoso, do qual não era perceptível qualquer palavra de intensa reflexão. Ressurgir a sensibilidade extrema que me fizeste fluir em um poema, como hoje. Arriscarei-me! Sou livre, e ser livre é experimentar a vida de forma egocêntrica. Precisarei conviver com a minha solidão que, covardemente, hesitava encarar, e suportar a angústia do silêncio, pois somente sendo só que serei minha melhor companhia. Elegantemente me apresentarei à minha liberdade, onde toda responsabilidade estará em minha forma de usá-la. Renascer foi preciso.

Cida Cigarra

CLÁUDIA PASSOS

Sozinha...
Descobrira que sabia fazer versos, rimar palavras.
De onde isso vinha?
Talvez um avô escritor que não conhecera pessoalmente, mas que ouvira falar. DNA?
Talvez... Não sabia ao certo o que era, mas tinha assim... algo a ver com coisas que passam de avós pra mãe, avós pra pai, avós pra filha. Só avós? Suposições genéticas.
Olhava crianças na rua, não sabia o que sentia. Uma paz... Como assim? Seria Deus? Teria se acostumado?
1, 2, 3, respira... Encontra aquele pontinho lá dentro de você, mas que só se acha quando vai para dentro. Ela de dentro, pensava. Lembrava.
E por muito e muito tempo ficou ali. Dentro. Por todo esse tempo descobriu que dentro não tem a dor de fora. Sim. Acho que a paz veio dali. De dentro.

Agora as coisas passavam por fora, e ela passava pelas coisas. As coisas e as pessoas; mas era só mesmo por fora. Porque dentro não chegava. Pensou nas rimas que estava fazendo, assim, meio sem querer. E as rimas se faziam dentro. De fora para dentro? Não. Acreditava mesmo que era de dentro para dentro. Fora, o alcance era tão pequeno, mas tão pequeno, que não passava da pele. A pele não sabia mais se arrepiar. Como se arrepiam crostas? De tão grossa, a pele empedrou. Nada passava pela pele. Nada que ouvia, nada que via, nada que sentia. Mas havia as rimas. Ah, essas vinham! Sempre vinham! Mas para que mesmo serviam as rimas? Agora que de fora nada vinha? Agora que dentro se bastava e já não falava. Porque falar é para fora. Ah, mas e os olhos? E os ouvidos? Eram de dentro. Olhava e ouvia para dentro. E olhou um menino e ouviu sua voz. E foi para dentro. 1, 2, 3, respira...

(...)

Era uma tarde como outra qualquer. A panela de pressão apitava, sinalizando o feijão quase pronto. As vozes das crianças brincando na rua se misturavam aos sons dos motores dos carros e ônibus que trafegavam. Alguns fogos de artifício soaram um pouco mais distante. Às vezes um cachorro latia, uma cigarra cantava. Ou gritava? Sempre achava que no timbre e volume das cigarras havia um pedido de socorro. Um inseto que nascia e morria sofrendo... Já o som emitido pelos pássaros era leve, suave. E no fim de todo entardecer de verão, as andorinhas voavam rasteiras, felizes. E cantavam. Mas passando um tempo, à soma de ruídos já tão familiares sobressaiu um som cortante, lancinante e ensurdecedor. Precipitou-se então até a porta de entrada. Assustou-se. Mas na hora em que abriu a porta, o som cerrou. Dois carros da polícia estacionaram um pouco mais afastados. O Cerqueira já arrumou confusão no bar de novo? Pensou. Porque a polícia só chegava até lá em cima pra trazer o vizinho, o maior "fazedor" de confusão da região. Era assim mesmo que o chamavam. Ora era briga por causa de futebol, ora por qualquer outro assunto que discordasse. Bebia e queria brigar. "Para mostrar que era homem", como costumava dizer. E todos da comunidade acabavam, na realidade, achando graça de tamanha bobagem. Na verdade, nem todos. Alguns até concordavam e davam tapinhas nas costas: "É isso aí, Cerqueira! Coisa de macho!"

    E foi exatamente assim, pensando no comportamento tão desnecessário de alguns homens, que ela fechou a porta e voltou pra cozinha. O feijão já estava quase queimando... Mal apagou o fogo, escutou batidas na porta. Poderia ser a Nice ou o Evandro para avisar sobre o cheiro de queimado. Parece que esperavam sempre algo de errado acontecer na casa só para ter o prazer de chamar sua atenção. Mas fora essa mania, eram mesmo bons amigos. De churrasco e conversas até a madrugada com os filhos todos misturados. Mas quando abriu a porta, viu que não era a Nice nem o Evandro. Deu de cara com três policiais que a encararam. Por segundos, seis olhos a fitaram. Até que um dos homens rompeu o silêncio:

— A senhora é a Cida? — Enquanto sentia seu sangue fazer um trajeto desconhecido até então, ela olhou por cima dos três soldados e avistou mais um, que segurava Everaldo pelo cangote. Num gesto desesperado, se jogou de joelhos na frente do menino, que com os olhos esbugalhados desatou num pranto convulsivo. Nessa hora, a vizinhança pouco a pouco se achegava e começava a se aglomerar em volta da cena.

— Cadê o Moisés, Everaldo? O que está acontecendo? Por que eles te trouxeram aqui desse jeito?

— Tia... — O menino tentou balbuciar algumas palavras, mas foi interrompido por um dos guardas.

— Senhora, eles tentaram assaltar a mercearia, e na troca de tiros...

Ela pairou seu olhar por cima de todos. Levantou-se e saiu andando por entre gestos, braços e palavras que foram ficando para trás. Sumiram. Seu olhar desfocou-se e, acionando a memória, selecionou um som específico em meio a todos os outros que ouvira naquela tarde. Enquanto andava, sentia que o sangue sumia, a energia se esvaziava e a concentração vinha somente da sua boca, por onde saíam 3 palavras de forma repetida e automatizada: " Não eram fogos, não eram fogos, não eram fogos, não eram fogos... " E como um mantra ou uma ladainha, essa frase acompanhava o ritmo dos seus passos, que aceleravam cada vez mais, descendo a ladeira íngreme. Nunca poderia sequer imaginar que conseguiria manter o equilíbrio correndo daquela maneira sobre os paralelepípedos irregulares das ruas; e por um momento se sentiu voando. Como as andorinhas no seu voo rasteiro do fim das tardes do verão que tanto olhava, tanto ouvia. Mas sem a mesma alegria.

Em frente à mercearia, outro carro de polícia e mais uma aglomeração de pessoas em volta de um corpo estirado no chão. Acordou do seu voo atordoado. Foi desacelerando, se aproximando pouco a pouco entre gestos, braços e palavras que ainda conseguiu ouvir: "... voltando da escola, com mochila nas costas e uniforme! Como pode?", e outra voz: " só morreu porque era preto... ". E como as cigarras nas tardes quentes de verão, ela gritou, e gritou, e gritando entendeu a dor do seu canto. Dizem que depois de muito cantar, a cigarra morre. Mas Cida não morreu.

Também nunca mais falou. Com ninguém. Um ano, dois anos, três, cinco. Dez.

E durante esses anos não faltaram estórias que percorriam toda a comunidade. A mais comentada e repassada era a de que ela enlouquecera. Que parou de falar e também deixou de receber os amigos mais próximos em casa, como sempre fazia antes de acontecer a tragédia. Mas abria portas e janelas durante as tardes de verão para todas as cigarras que por ali sobrevoavam e se trancava com elas lá dentro. Ninguém sabia o que acontecia exatamente dentro da casa, mas o casal Nice e Leandro chegou a garantir que — espreitando por uma fresta que havia sido esquecida involuntariamente — viram Cida conversando muito tranquilamente com as cigarras. Outros iam mais longe e diziam que a mulher se transformava em cigarra durante as noites de verão para socorrê-las e tranquilizá-las na hora de suas mortes prematuras. Ainda havia os que acreditavam que a mulher e as cigarras firmaram um pacto de amizade e sobrevivência, e que, no fim, uma ajudava as outras e vice-versa, na difícil tarefa de encarar as dores da vida. Cida Cigarra, era como todos se referiam a ela. Apesar de existirem os céticos que não acreditavam em nada, corroborando uma visão científica de trauma pós-perda de um ente querido, ainda assim se renderam ao apelido. O fato é que nada, absolutamente nada dessas teorias ou achados foram comprovados. A única certeza de todos era de que Cida vivia isolada do contato com os humanos e do universo das palavras faladas. Vivia sozinha. Alheia. Vivia pra dentro.

1, 2, 3, respira...

(...)

    Atenta às suas rimas internas e como uma folha ao vento, Cida seguia seu caminho. Apenas passando por pessoas e coisas. Sempre pra dentro de si mesma. Até que, chegando ao seu destino, deparou-se com um rapaz bem mais alto que ela, mas que ainda guardava a expressão de um menino.
    — Tia, estão te esperando para autografar seus livros.
    Cida sorriu de soslaio, deixando escapar esse gesto contido atrás das tantas palavras não ditas. Everaldo marejou os olhos e sentiu, naquele momento, sua cumplicidade com a mãe de seu melhor amigo. E nesse exato instante, uma cigarra sobrevoou sorrateiramente e pousou no ombro da mulher. Everaldo e Cida choraram. E riram. E ficaram ali, assim, olho no olho, por alguns minutos que valeram por todos os anos de silêncio.

Para Bruna da Silva — mãe de Marcos Vinícius — e para todas as mães que perderam seus filhos assassinados pela violência do Estado.

As três Fridas

LAMARA DISCONZI

~

"É impossível ser feliz sozinha."

Eu repetia a frase clichê em pensamento, enquanto vagava sem rumo pelo Museu de Arte Moderna da Cidade do México. Era impossível e, ainda assim, lá estava eu, usufruindo sozinha das férias que planejamos juntas. Só que eu não estava usufruindo: eu estava sofrendo.

Pensei que fazer a viagem de qualquer forma, sem ela, seria testamento da minha independência; prova irrefutável de que eu não precisava dela nem de ninguém. "Eu posso ser uma ilha, se quiser", disse a mim mesma, com teimosia.

Eu não fazia ideia.

A tristeza do término – a tristeza mesmo, aquela agonia que vem com a certeza de que tudo acabou, que não tem mais volta – bateu a onze mil metros de altitude. Mas aí já era muito tarde para voltar atrás. E então, éramos nós duas, eu e Tristeza, inseparáveis, México afora. Fomos juntas ao Palácio de Bellas

Artes, ao Castelo Chapultepec, à Basílica de Santa Maria, à Catedral Metropolitana... E agora ali estávamos, no museu, enquanto meus olhos passeavam pelos quadros sem nada enxergar. As cores se misturando, sem foco, sem nexo.

Até que um deles comandou minha atenção. Uma tela grande, de uns 170 por 170 centímetros. Reconheci a artista de pronto, afinal, ela própria estava na pintura: Frida Kahlo. Duas dela.

Por alguns segundos tive dificuldade para respirar e percebi que Tristeza me apertava a garganta. Sentadas num banco, as duas Fridas se davam as mãos dentro do quadro. Uma, toda de branco, a outra com vestes coloridas. Cheguei mais perto. A plaquetinha ao lado informava que ele havia sido pintado em 1939, logo após a separação de Frida e Diego Rivera. A de branco, então, me pareceu uma noiva, seu coração exposto e dilacerado. A outra, de azul, verde e amarelo, tinha o coração intacto, ligado ao da primeira por uma única veia vermelha. A primeira segurava um hemostático, tentando estancar a hemorragia que já lhe manchava o vestido. A segunda segurava um pequeno retrato de Diego. Atrás delas, nuvens escuras anunciavam uma tempestade.

Há muito eu havia feito uma cadeira de História da Arte, e não me recordava com precisão sobre os movimentos artísticos ou o que eles representavam, mas a da Frida eu lembrava. A Frida que, quando criança, teve uma amiga imaginária bailarina porque tinha uma perna mais curta que a outra e não podia dançar; que sofreu um acidente de ônibus no qual um ferro lhe atravessou a barriga e ela, coberta de sangue e tinta dourada, se tornou a pintura de uma bailarina; que passou por trinta e duas cirurgias e incontáveis meses na cama, e começou a pintar autorretratos para que as outras Fridas lhe fizessem companhia;

que de tanto ficar sozinha, conheceu o prazer em si mesma; que encontrou um começo no que parecia ser um fim.

Mas como pode ela ter sido tão forte, se sofreu tanto?

Olhei dentro dos olhos da primeira Frida através das lágrimas nos meus, tentando encontrar a resposta, e reconheci neles minha acompanhante de viagem, Tristeza. Mas então, me voltei para a segunda Frida e enxerguei uma velha conhecida que, em meio ao meu desespero, eu havia esquecido: a Resiliência.

E naquele momento entendi que, assim como a Frida, eu não precisava de pés de bailarina, porque tinha asas que me permitiam voar.

Seja meu escudo e eu serei a sua espada

C. VIEIRA

А doçura de poder sentir vida é algo que sinto desde antes da consciência. Eu posso sentir que as vibrações que vêm de fora me preenchem com um sentimento que desconheço e consigo perceber o calor de, finalmente, ter vida. O rodopio dentro daquele lar repleto de calmaria provocou uma onda de agitação que trouxe consigo uma forte emoção e, mesmo que eu não conseguisse compreender ao certo essas emoções, eu conseguia senti-las.

Logo, eu entendi o que estava sentindo: amor. Ali, naquele terno ventre, eu sabia que estava seguro e amado, mesmo que a preocupação se fizesse presente nos pensamentos mais profundos da mamãe. Eu conseguia sentir seu amor, seu carinho e seus desejos mais positivos quanto à minha vida futura, mesmo que suas preocupações ainda estivessem dentro de si.

Eu me deito quieto em seu ventre, pois só quero que mamãe saiba o quanto a amo e, por mais que ela esteja preocupada, eu quero sempre estar com ela. Aquele calor afetuoso e repleto de carinho é, definitivamente, o lar mais pacificador que se pode ter.

"Não se preocupe, mamãe, não fique assim; porque eu te amo e estou aqui."

Eu consigo sentir o quanto mamãe me aguarda com ansiedade e como ela quer me ver. Eu consigo perceber o quanto mamãe sonha com esse momento e eu sei que ela está feliz por eu estar com ela, assim como eu posso sentir seu desejo em me possuir em seus braços. Eu sinto o que ela sente, eu consigo ouvir sua voz me ninando, mesmo dentro de seu ventre, tão bem guardado e protegido por ela. Mamãe me ama e me quer.

Mas mamãe tem medo. Eu sei que ela está assustada, mesmo que eu não saiba os motivos que a deixam assim e isso me deixa triste. Rodopio dentro de seu ventre, preocupado, querendo que ela se acalme ao sentir minha presença dentro de si.

"Mamãe, eu estou aqui por você, não tenha medo, porque eu estarei com você e eu te amo com todas as minhas forças."

Aquele momento de medo se transformou em raiva e eu me vi encolhido dentro de seu ventre protetor, com medo daquelas emoções que elevam tanto a temperatura e os batimentos — outrora tranquilos — do coração da mamãe. Eu queria entender o que e quem mamãe enfrentava com tanto afinco para mudar completamente as suas emoções, que estão sempre tão controladas e estáveis.

Fiquei imaginando quem poderia provocar tais alterações na mamãe, porém eu não entendia o que estava acontecendo naquele momento. Consegui ouvir um pouco do que mamãe escutava e ela parecia brava com um homem que dizia não acreditar nela. O homem não parecia feliz com a presença de mamãe ali e parecia tão irritado quanto ela, mas por motivos diferentes, que eu desconhecia. Foi quando eu percebi que mamãe segurava as lágrimas dentro de si.

"Eu não sei os motivos dessa descrença, mamãe, mas saiba que eu entendo e eu estarei com você para todo o sempre... Por favor, não chore, mamãe."

Os dias foram passando e eu conseguia sentir a alegria da mamãe, que passava horas conversando comigo, contando suas histórias e dizendo sobre seus sonhos, enquanto acariciava o próprio ventre. Nesses momentos, eu me aproximava de sua carícia e ela parecia ainda mais feliz em me sentir tão pertinho de suas mãos. Eu dormia ao som de sua voz, que calmante dizia o quanto me aguardava e amava.

—Você é *meu* filho e é isso que importa. – Eu conseguia ouvir sua voz doce e sentir seu afeto gentil. —Eu te amo...

"Eu também amo você, mamãe."

Eu podia sentir o amor de mamãe transbordar e eu conseguia senti-lo ao meu redor, fazendo-me adormecer dentro daquele lugar tão protegido. Quando acordava — bem antes de mamãe —, eu sentia a felicidade de um novo dia ali e acabava me agitando, o que deixava mamãe meio mal. Eu espero que ela consiga me perdoar por isso, mas eu não consigo conter minha alegria de mais um dia estar tão próximo a ela.

E eu sei que mamãe também está feliz e empolgada. Hoje ela me conheceria e me veria pela primeira vez, então eu podia sentir a euforia de mamãe e a alegria quando ela pôde me ouvir pela primeira vez, mesmo dentro de seu ventre. Acabei me mexendo dentro de seu corpo e ela pareceu tão feliz, mesmo que se sentisse mal quando fazia isso. Eu quero que ela saiba que estarei com ela e sempre acreditarei nela.

E percebia os dias passando e também meu corpo aumentando, enquanto o corpo de mamãe mudava conforme meu crescimento. Eu percebia que ela já conseguia ver os primeiros sinais de que eu estava dentro dela e o espaço começava a diminuir. Contudo, esse não era o único problema do meu crescimento...

"Mamãe, eu quero comer! Mamãe, eu estou faminto, por favor, vamos comer! Eu quero um doce, mamãe, por favor, um doce!"

E eu conseguia sentir o açúcar pouco tempo depois, saboreando a energia que isso me proporcionava. Quando ficava satisfeito, eu me mexia um pouco menos que antes, sonolento, provocando os risos da mamãe.

Quando mamãe disse que me veria mais uma vez, eu senti um toque diferente no ventre dela e me afastei, tímido com esse novo calor que se espalhava naquela região.

— Essa mão é da vovó, meu amor, hoje nós vamos vê-lo mais uma vez e vovó estará nos acompanhando. Vovó quer saber se você é tão agitado quanto a mamãe diz. —As novas mãos foram somadas às da mamãe e eu me senti mais confortável em tocar as mãos novas que surgiram; mas, dessa vez, com uma surpresinha para mamãe, que estava me deixando envergonhado. —Ui, você nunca chutou assim, levado!

Eu me senti feliz com as risadas da mamãe e me acalmei em seu ventre, sabendo que mamãe estava feliz mesmo com minhas estripulias. Espero que me desculpe por machucá-la, não era minha intenção, mas eu sabia que ela sorriria e me contaria histórias antes de dormir. Eu sabia que sempre teria sua voz calmante e seu carinho por perto, assim como quero dar para ela todo meu amor.

—É menino! —Pude ouvir uma voz diferente dizer e mamãe vibrou, o que acabou me despertando do cochilo com sua empolgação repentina. —Já pensou em um nome?

Eu sabia que mamãe estava feliz, então eu me mexi para ela saber que eu também estava feliz por ela estar tão contente comigo. Eu ouvi várias risadas e percebi que mamãe estava me vendo junto de outras pessoas, o que me fez parar e me deixou tímido.

—Ainda não, mas logo pensarei em um nome para meu pequeno...

Eu não perdi mamãe em nenhum momento, eu percebi que esse medo passou por sua cabeça, mas eu sabia que não poderia deixá-la, não quando ela estava tão triste dentro de si mesma, sem deixar que isso transbordasse. Mamãe precisava de mim e eu tinha que estar com ela nesse momento, e ela disse que eu era a força que a mantinha seguindo em frente, então eu precisava estar ali com ela, e por ela.

Mesmo que naquela noite não tenha tido alguma história, em todas as outras que se seguiram eu ouvi mamãe com mais empolgação ao contar as histórias para mim, antes de dormir. Consegui sentir o desejo da mamãe de me tomar em seus braços e, também, ao final de cada história, mamãe concluía com um:

—Venha logo, meu pequeno, eu quero ver logo seu rostinho...

"Mamãe, mesmo que eu te preocupe, eu amo você e estou feliz que tenha me aceitado em sua vida, mesmo com medo e sozinha. Eu sei que você não está com o papai ao seu lado, mas não tema nada, porque eu sei que você é forte e eu serei a sua força, mamãe."

Os dias se passaram e mamãe reclamava cada dia mais de dores pelo corpo e eu me sentia culpado, contudo eu não podia fazer nada, já que meu corpo crescia para o grande dia. Eu me mexia com frequência, por falta de espaço, mas também ansioso para conhecer minha mamãe, porque eu queria vê-la sorrir para mim. Mas, mesmo reclamando, ela ainda parecia muito feliz e animada para finalmente me conhecer.

Meu espaçoso e confortável lar não tinha mais tanto espaço e estava cada dia mais desconfortável, e eu só queria poder me esticar logo. Mamãe me deu um lar, uma vida e um amor sem tamanho, e eu sentia que ela ainda tinha medos e incertezas. Mas ela me mostrou, mesmo dentro dela, que medos e incertezas não devem te fazer recuar.

"Sim, mamãe, você foi forte e eu te amo por me dar a vida."

Eu sabia que logo estaria vindo para o mundo de mamãe e ela logo me pegaria no colo. Quando ela disse que seria sua última história comigo dentro de si, eu me vi mais atento às suas palavras;a música que embalou minhas noites, sua voz.

—Sabe, filho, eu tive medo quando soube de você, eu tinha receios e sabia que estaria sozinha quando tivesse que encarar um mundo com você em meus braços, mas eu sabia que você precisava de mim mais do que eu deveria ter medo. —Seu carinho fez-me aproximar de sua mão. —Todas as noites, quando eu parava para conversar com você, eu sabia que você seria um filho incrível, meu amor, e eu sabia que estaria com você em meus braços independentemente de quem enfrentasse, então eu não tive medo algum, meu filho. —Ela suspirou contente e aquela sensação de paz me preenchia. —Eu enfrentei minha família, a família de seu pai e até mesmo ele, o homem que falou que me amaria para sempre; eu enfrentei por você, sozinha, porque eu sabia que você precisava de mim e eu lutaria com todas as forças para te trazer a este mundo com saúde, para enfim, te recebe com alegria, meu filho. —Ela abraçou a própria barriga e eu podia sentir como um abraço em mim, ainda que logo ela me tivesse nos braços. —Saiba que você é meu maior tesouro e, não importa o que digam, eu te amo e serei seu escudo para todo sempre, meu pequeno Benjamin.

"Mamãe, você pode não me ouvir, mas saiba que eu quero sempre estar com você e, se você será meu escudo, mamãe, eu quero ser sua espada para enfrentar todos os perigos. Você fez tudo que podia para me proteger, mamãe, e eu ainda irei protegê-la também, como retribuição a todo esse amor...

Logo nos veremos, mamãe, então, uma última vez de dentro de você: eu te amo e eu estou ansioso para poder vê-la e crescer ao seu lado, para te ajudar em tudo que precisa.

Eu te amo, mamãe, até logo..."

A mulher que encolhe

ANA FURLANETTO

Eu já a vi dezenas de outras vezes antes. Talvez tenha ouvido sua voz também. Mas agora é diferente. Eu me lembro dela como uma mulher de cabelo preto e olhar infeliz, o que é deprimente, mas não me causa coceira.

Agora, ela — não sei como descrevê-la —, cada vez que engole algo, seu corpo encolhe. Ela está deixando de ser uma mulher para se transformar em uma miniatura. Está deixando de ser humana para transformar-se em algo que não conheço. Estou incomodada. Ela está comendo: mordida após mordida, vejo seus ossos enrolando-se em torno de suas próprias estruturas, e subitamente seu casaco é grande demais para seus ombros de vidro (se eu soprasse, será que ela se espatifaria?). Vejo apenas seus lábios, por onde ela continua a mastigar os pedaços de carne sangrentos que meu avô deposita em seu prato. Ela está tão pequena que tenho vontade de perguntar "você precisa de um esconderijo no meu bolso?", mesmo sabendo que sou mais jaula do que lar. Mas a pequenez não parece afetá--la. Estou ficando ainda mais incomodada. Quando a cadeira é baixa demais, para que ela consiga alcançar sua comida, ela prende seus dedinhos minúsculos na beirada da mesa, puxa-se para cima e senta-se ao lado do prato. Meu primo passa por ela e pergunta se quer mais pão com alho, e ela acena compulsivamente. Em vez de comer o pão, ela ataca as migalhas.

As migalhas se acomodam em sua mão com gentileza. Eu só penso em todas as vezes que minhas mãos foram grandes demais para salvar uma bruxa de afogar-se no embaçado do chuveiro. Eu evito minha comida. Observá-la arrancou toda fome de dentro de mim. Não quero vê-la desaparecer por completo: quero apenas que fique do tamanho exato do meu polegar, para que eu possa esmagá-la lentamente. Quero escrever sobre ela, e então quero pôr um copo de vidro por cima de seu corpo. Quero guardá-la para sempre.

Ela cata as migalhas de um jeito tão patético que quase volto a sentir pena. Essa maneira afobada como cada um de seus nove dedos funcionais vai atrás de um pequeno pedaço de pão amassado me dá náuseas, pois acabo de perceber que eu nunca quis nada tanto quanto ela quer essas migalhas. Agora, quero que ela me diga a palavra FAMINTA. Quero que pronuncie cada letra como se seu estômago não conhecesse a palavra COMIDA. Preciso disso quase tanto quanto ela precisa lamber o sangue escorrendo pelo canto da sua boca. Sinto-me fraca com essa violência. Ela continua engolindo a si mesma.

Continua em seu processo de "desexistência". Ninguém olha para a cadeira vazia. Ninguém percebe o pequeno ser humano engolindo tudo que é jogado em sua direção. Somos só nós, e não tenho certeza se ela percebe que estou aqui. Quero gritar: VOCÊ ME ENXERGA? VOCÊ CONSEGUE ME VER, APESAR DAS BORDAS BORRADAS? Estou gritando agora. Estou gritando tão alto que toda minha raiva se converteu em silêncio. Estou gritando com tanta força que minhas veias estão explodindo em meu pescoço. Nada muda.

Gostaria de lembrar seu nome: estou certa de que isso mudaria tudo. Se eu lembrasse seu nome, poderia apenas chamá-la e ela seria obrigada a parar de me ignorar. Se eu lembrasse seu nome, poderia comentar com a minha mãe sobre como sua pele se transformou em algo esponjoso desde a última vez em que a vimos; poderia comentar que suas costas curvadas não conhecem a delicadeza. Mas jamais diria que ela me incomoda: parece pessoal demais para se dizer em voz alta. Dizer que ela me incomoda seria admitir que ela enfiou um alfinete em algum pedaço de pele que não consigo alcançar. Seria me ajoelhar e implorar para que alguém coçasse aquele único pedaço da minha omoplata, que nunca fui capaz de tocar. Eu quero me esconder por trás da minha maldade, só quero ter minhas mãos substituídas por facas, mas a maneira como ela se divide a cada garfada faz algo suave preencher os espaços feridos das minhas mãos. Quero apenas que ela me diga seu nome. É só disso que preciso: seu nome, e a vontade de sufocá-la em um pote passará. Ela está tão pequena agora que tenho medo de respirar em sua direção. Estou certa de que, se respirar, seus ossos frágeis vão partir-se ao meio. Não quero machucá-la. Quero apenas escrever obre ela. Quero que, em algum papel amarelado, haja o registro da mulher que dobrou-se em sua pele até deixar de existir. E mais: quero ser parte disso. Quero dizer que eu estive aqui, e não reconheci uma situação que deveria ser impedida porque estava ocupada demais pensando em como a juntura dos meus dedos estalando é um som mais alto do que a risada da mulher jamais será.

Mulheres guerreiras

JÉSSICA RODRIGUES

⁓

Quem nunca se pegou imaginando como personagem de uma cena de ficção fantástica, como uma heroína dos filmes ou uma guerreira de grandes batalhas? Pois é, comigo não foi diferente... Costumava fazer isso quando menina, aspirante à mulher. Quando mantinha sonhos de garota, inspirada em grandes personalidades da TV. Para mim, porém, tudo era muito fabuloso, fruto de uma imaginação fértil, fantasiosa e nada mais. No entanto, havia algo preocupante nestas viagens imaginativas, porque nelas tudo era extremamente perfeito, previsível e nada palpável. Isso fazia com que me sentisse frustrada ao confrontar-me com o real. Creio que não seja algo só meu, acredito que muitas outras meninas-mulheres já tenham vivenciado uma experiência assim.

Viver a fabulação tem este viés de experimentar o intangível, mas requer cuidado ao transpor os sonhos literários e/ou fictícios. Exatamente porque quando somos personagens, vivenciamos muito além da realidade e lidar com as limitações entre o real e o imaginário demanda cuidado com nossas emoções, sentimentos e desejos. Em especial porque nunca somos personagens solitários de uma aventura, mas coparticipantes de uma história, onde podemos controlar nossas ações, mas nunca as do outro.

Pode parecer confuso no início, mas aos poucos tudo vai fazendo sentido. Sim, não é mágica, mas tudo vai ficando muito claro com o tempo... Maturidade! Isso! Esta é a chave, a resposta, o limiar entre o real e o fictício. Amadurecer requer coragem e esta, por sua vez, não vem no pacote. As dores do amadurecimento só podem ser superadas ao nos confrontar com os desafios cotidianos, quando nos permitimos ser quem somos pura e simplesmente, sem necessariamente nos espelhar em alguém inventado no universo da imaginação.

Sem perceber, cá estou eu fabulando, poetizando sem versos, discorrendo sobre o simples, de forma pouco convencional... Bem típico de mim. Mas aqui eu sou a personagem principal e posso me permitir ser quem eu quiser em referência às minhas memórias fictícias da infância, ou dos resquícios de leituras, histórias ouvidas e vistas nos cinemas. Aqui, porém, também posso usufruir dos benefícios da tal maturidade que falei há pouco e me permitir ser apenas eu, simples assim.

Ainda confuso, não? Pode ser. Em meus pensamentos ocorrem devaneios constantes. O viajar pelo fantasioso é responsável por isso também, portanto, eis o cuidado necessário de que falei antes.

Com o tempo, as guerreiras sempre esbeltas, acompanhadas de parceiros másculos, corajosos e protetores deixaram de me entusiasmar, simplesmente porque estas mulheres não existiam na vida real. Também porque não faziam sentido diante da realidade vista no meu entorno e não apenas porque não correspondiam à minha realidade, como possam ter imaginado. Acreditei nelas durante muito tempo! Idealizei ser uma delas por diversas vezes, mas compreendi que não seria possível e me contentei em ser eu (ufa, que alívio!). Mas não foi tão tranquilo assim. No meio do caminho sofri e me machuquei na busca por me assemelhar a elas. Fui ferida e feri, na expectativa de me relacionar com aquele tal másculo protetor. Foi exatamente neste momento que descobri aquela coisa de não controlar aquilo que o outro sente e faz.

A personagem aqui não conseguiu a silhueta esguia, compatível com o figurino ideal de uma heroína. Em briga constante com os ponteiros da balança, certamente não seria comparada a uma delas. Não conquistei os atributos necessários ao título de guerreira das tramas e enredos cinematográficos. Aquele amor forte e selvagem também não veio. Até mesmo o cenário ideal de plataformas tecnológicas com grandes centros de comunicação ou praias paradisíacas e cabelos ao vento, armaduras sensuais e adereços femininos que detonam a força e coragem heroica, não passaram de fantasia (no meu caso).

A grande verdade por trás de tudo é que alcançar o inalcançável não é tarefa para mulheres como eu, afinal sou de carne, osso, sonhos e ilusões, diferente das fantasiosas personagens criadas pelo imaginário de seus criadores, que com mirabolantes ideias, idealizam seres surreais. Não é uma crítica à criação fictícia autoral, de forma alguma, não me entendam mal. O que ocorre é que a leitora imatura talvez não diferencie o rotineiro do idealizado e isso, ah, isso pode tornar as coisas um tanto quanto insuportáveis para algumas.

Sair da caixa e assumir-se como é, com todos os seus defeitos e imperfeições pode ser tarefa das mais difíceis. Algumas tiram de letra, são audaciosas e independentes (o que não é o meu caso), outras rebolam para alcançarem esta aceitação primeiro para si mesmas, depois frente aos demais (e é aqui que me encaixo).

Parece redundante trazer à tona aceitação e martelar a retórica de independência feminina, libertação de padrões ou coisas do gênero. Mas esta trajetória ainda é longa a meu ver. Mulheres guerreiras, estamos só começando! Caminhando a passos lentos para um ideal de não ter ideal, mas ideais próprios. Não me refiro às guerreiras das telonas, ou dos enredos romancistas. Digo aqui sobre as heroínas do dia a dia. São tantas. Espalhadas por todos os lados e o que as define como seres surpreendentes é a característica comum de serem fortes. Força não pelos músculos exercitados, mas pela resiliência que carregam a cada amanhecer. Por contrariarem as expectativas de fragilidade e submissão tão benquista por aqueles que ironizam suas lutas diárias ou invalidam seus esforços corriqueiros e necessários frente às batalhas da vida.

Em síntese, o enredo seria:

Era uma vez uma garota que virou moça e logo se tornou mulher. Negra, pobre e talvez predestinada a seguir os caminhos de outras, também mulheres de sua geração, atribuídas de suas mesmas características; jamais alçaria outro voo senão o que já haviam destinado para ela e tantas outras guerreiras da vida.

Certa vez, porém, a mulher seguiu seu destino e resolveu ser quem queria e não somente quem queriam que ela fosse. Embora não se parecesse com os modelos e padrões estabelecidos, sua garra a levou onde jamais imaginaria que pudesse chegar.

Era uma vez uma jovem sonhadora, amante da literatura e que se refugiava nos livros como forma de se esconder do mundo real.

Era uma vez uma mulher, que alheia às afirmações de feminilidade impostas pela sociedade, escolheu ser quem era independente do que os outros pudessem achar.

Era uma vez alguém comum, talvez frustrante ao imaginário dos leitores mais ávidos por uma grande aventura, mas que se espelhou em outras tantas mulheres guerreiras da vida, herdeiras de um cotidiano de luta e dor, mas de vitórias e conquistas também.

Era uma vez...

O feminino idealizado não se compara ao vivido, ao passo que as experiências de cada mulher são únicas e especiais. A grama verde do outro tem a aspereza sintética, artificial. Ser quem sou, sem me esmerar em fazer ou atender ao que a sociedade impõe, não inspira contos de fadas, é verdade, mas amplia um universo de possibilidades frente à trama mais tênue do ser viajante: a vida!

Era uma vez, em uma comunidade simples, de um grande centro urbano, uma mulher que, contrariando as regras, investiu na educação como forma de resistência, de luta. Travou suas batalhas sem aplausos ou reconhecimento, mas sorriu para as batalhas da vida como quem entende que o que importa é fazer-se feliz, realizar-se.

Era uma vez...

Era uma vez uma dama, não como as dos filmes de época, com pomposas e quentes roupas, espartilhos e salto alto, sombrinhas bordadas e chapéus de cetim. Uma dama que aprendeu a respeitar o outro e a ofertar o seu melhor sempre, em busca de ser e fazer feliz.

Era uma vez mais uma mulher, frente a um quase infinito de outras tantas mulheres, que não se deixou intimidar pela beleza alheia, mas preferiu cultivar sua própria. Mulher que aprendeu a ser mãe, esposa, filha, irmã, professora, mas que sabe que caminhos distintos do seu são igualmente válidos e importantes, porque as escolhas são individuais e os resultados também (ou não, quando se esquece de que não se é personagem único, mas imerso em um cenário de coletividade onde todos sentem, de uma forma ou outra, o reflexo de nossas ações).

Mulheres guerreiras, avante! Suas histórias são lindas e merecem ser escritas em papéis perfumados, ainda que em algum momento tragam traços de dor e sangue. Avante, porque a trama da vida real, diferente das cenas de telenovelas, não pode parar. Chegará o dia do último capítulo, mas não estamos predestinados pelo que o autor escreveu. Somos corresponsáveis pela narrativa e detentoras dos novos ideais.

Era uma vez mulheres guerreiras que se uniam em busca de legítima aceitação, em favor de que suas lutas diárias não ficassem esquecidas ou desvalorizadas por quem não conhece sua história.

Era uma vez: mulheres guerreiras.

Um grito de liberdade

TAUÃ LIMA

⁂

Desde muito jovem, sempre idealizei um relacionamento e pensei que, ao meu lado, não teria apenas um homem, mas um protetor, um príncipe de contos de fadas. Hoje, eu sei que idealizar alguém é ingênuo, utópico. O meu príncipe não veio em um cavalo branco. Na verdade, quando reflito no relacionamento e em todos os sinais que me foram dados, ele em nada parecia com um príncipe encantado, mas sim se assemelhava a um típico vilão caricato. Quando o conheci, por um acaso do destino, estávamos em uma festa. Lembro-me perfeitamente de como ele estava vestido e de como eu estava. Ele, uma bermuda floral e uma camiseta preta. O cheiro do perfume amadeirado, que antes eu tanto gostava, hoje me causa repulsa. Eu estava com uma blusa branca e um shortinho. Ironicamente, a blusa que eu usava tinha os dizeres "boas vibrações".

O ambiente estava apinhado de pessoas bonitas e uma boa música. Eu, afastando-me das minhas amigas, fui em direção ao bar para pedir mais um drink, quando acabei tropeçando. Achei que ia cair. Contudo, um braço vigoroso acabou passando por minha cintura e me segurou no momento certo. Olavo, seu nome, olhou-me com aqueles grandes olhos verdes e um sorriso no rosto, dizendo-me: "Cuidado, moça bonita! Não vá cair!". Eu retribuí a delicadeza daquele desconhecido, agradecendo-o com um beijo no rosto e, em tom brincalhão, dizendo: "Ainda bem que tenho você para me segurar!".

A partir daquele momento, começamos a conversar bastante e ficamos juntos durante toda a festa. Fomos, em passos calmos, passeando por todo o jardim e nos aproximamos de algumas flores. Eu sou apaixonada por flores e disse isso a ele. Como podia ser tão ingênua, confessando os meus desejos e anseios mais íntimos a um estranho de sorriso bonito. Não sei se era carência ou se era a necessidade de encontrar alguém que me levava a ser tão incapaz de prever as possibilidades e as impossibilidades. Na verdade, que necessidade era essa? Nenhuma. Apenas os sonhos de uma jovem boba e ingênua.

Pensei que, no meio da nossa conversa, Olavo tentaria me arrancar algum beijo. Contudo, ele foi um perfeito cavalheiro. Ele sabia como se portar em público e sabia, além disso, como cativar as pessoas. Era um ator. Pegou em minhas mãos e me disse se eu não poderia passar meu número de celular para ele, pois queria continuar a conversar comigo e a firmar uma amizade. Eu, naquela altura, entorpecida por aquele cavalheiro, meio afobada, disse que sim e seria um prazer continuar a conversar com ele. Olavo farejava fragilidade e tinha o sexto sentido caótico para perseguir suas vítimas. Minhas amigas, um pouco cansadas, vieram até onde estávamos e me chamaram para que fôssemos embora da festa. Mesmo lamentando não poder continuar a conversa, resolvi ir com minhas amigas, afinal, Olavo era um desconhecido.

    Olavo encaminhou uma mensagem e questionou se poderíamos sair mais tarde, irmos a uma pizzaria. Eu aceitei o convite. Naquele mesmo dia, por volta das 19h, Olavo parou em frente à minha casa e me levou até uma pizzaria. Conversamos por horas a fio, trocando sonhos e gargalhadas. Olavo disse-me que havia terminado a faculdade de Direito e tinha passado no exame da ordem dos advogados, já possuía um escritório especializado em questões tributárias. Eu, a tudo que ele dizia, ouvia impressionada e me indagava em como ele poderia ter algum interesse em mim, recém-aprovada no curso de Psicologia e com uma vidinha tão frívola.

    Depois de sairmos da pizzaria, ele me levou até minha casa, continuamos a conversar e ele questionou se poderia sair comigo uma outra vez. Eu, prontamente, respondi que sim. Como estava afoita pelo próximo encontro, pensei que Olavo tentaria, como a maioria dos homens, um beijo, mas não. Ele foi extremamente respeitador e deu um beijo na minha mão, dizendo estar ansioso para poder passar mais tempo comigo. Eu sentia que, quanto mais o tempo passava, mais estava atraída por ele. Depois de dois meses, conversas e mimos, ele me pediu em namoro e eu aceitei. Mal sabia eu que o aceite era, na verdade, minha sentença de sofrimento.

    Durante o primeiro mês de namoro, Olavo continuou agindo como o cavalheiro que conheci. Saía com minhas amigas e curtia as festas conosco. Contudo, o tempo foi, aos poucos, revelando quem ele era. Cerca de dois meses de namoro, minhas amigas me chamaram para sairmos, seria um programa apenas de meninas, o clube da "Luluzinha" como dizíamos. Eu estava empolgada para sair com minhas amigas, pois estava tudo tão corrido que mal conseguíamos nos ver. Avisei a Olavo que no sábado daquela semana não poderia sair com ele, pois já tinha um compromisso com minhas amigas. Vi o seu semblante mudar e ele me questionou se havia necessidade de eu ir ao tal compromisso, já que, como éramos namorados, deveríamos devotar nosso tempo um ao outro.

Os meses foram se passando e o comportamento de Olavo também. As saídas, que antes aconteciam todo final de semana e sempre em lugares diferentes, ficaram escassas e raras. A desculpa era sempre a mesma: vamos aproveitar um programinha mais romântico, a dois. Eu estranhava tudo aquilo, em especial por ser uma pessoa muito livre e com muitas amigas. Agradar a Olavo! Na verdade, ao final de quatro meses, agradar a Olavo era a única coisa que eu fazia. Vez por outra suportava o mau-humor de Olavo e suas frustrações, as ironias e as falas grosseiras. O que havia acontecido? Onde estava o meu príncipe encantado?

Com o tempo parei de fazer certas perguntas e passei a temer por mim. Olavo tinha cada vez mais rompantes de fúria e sempre quando estávamos a sós. Na presença dos amigos, dos conhecidos e da família, permanecia Olavo como o perfeito cavalheiro que eu havia conhecido. Apenas eu, nos momentos a dois, conheci o monstro em que ele havia se convertido. Aliás, chego a me questionar se ele sempre foi o monstro e eu que fingia não ver aquele ser na minha vida.

Independentemente da resposta, o convívio com Olavo vinha me sufocando. Sempre me ligava, controlando onde eu estava, com quem eu estava e o porquê de minhas demoras. Cada vez mais controlador, vi também sua face violenta em uma das poucas festas que fomos depois de seis meses de namoro. Nossa, seis meses! Como passou rápido! Como foi doloroso! Eu havia me arrumado e estava feliz, afinal veria minhas amigas, enfim. O primeiro questionamento de Olavo era o motivo de eu estar com um vestido tão justo em meu corpo. Eu cheguei a soltar um pequeno riso, pois achei o questionamento dele engraçado e descabido. Isso foi o bastante! Vociferando em minha direção, Olavo questionou se eu estava rindo da cara dele ou se pretendia aprontar pelas costas dele. Sobressaltada e acuada, disse que não e tinha rido apenas por achar descabida sua indagação.

De repente, com suas mãos, ele rasgou o meu vestido e me jogou contra a parede, apertando o meu pescoço e dizendo que eu deveria entender que eu era dele, propriedade dele, e andaria como ele queria. Temi pela minha vida, tive medo dele fazer algo ainda pior do que rasgar a minha roupa. Soltando o meu pescoço, acabei caindo e fiquei prostrada no chão, sem reação, atônita com tudo aquilo. Como podia! Pior, como eu poderia aceitar aquilo? Fiquei pensando e, em meio às minhas lágrimas, criando mecanismos de fuga. Tudo em vão. As pernas não reagiam ao impulso de fugir! Cinco minutos depois, ele retornou e com um sorriso demoníaco no rosto, disse-me que eu tinha dez minutos para trocar de roupa, colocar um belo sorriso na minha face e mostrar a todos como estava feliz ao lado dele. Tentei esboçar uma reação, mas antes que pudesse abrir a boca, ele fitou-me nos meus olhos e advertiu-me que, se eu fizesse qualquer cena, o que já estava ruim poderia ser bem pior.

Como ele determinara, troquei de roupa e coloquei um vestido mais "recatado" e, segundo ele, digno de sua namorada. Sequei minhas lágrimas, refiz a maquiagem borrada e tentei esboçar um sorriso. Eu me tornara uma atriz, incapaz de reagir a Olavo e encenando o papel da namorada feliz e realizada ao lado do príncipe encantado. Chegamos à festa e minha alma gritava em busca de uma porta de fuga, mas não tinha como esboçar qualquer reação. As pessoas nos cumprimentavam e eu, de maneira adestrada, acenava a todos, conversava de maneira contida e desenhava um sorriso recatado, doméstico e sereno em meu rosto. Por dentro, eu estava caótica!

Pedindo autorização dele, afastei-me e fui até o banheiro. Estava sem ar! Molhei um pouco o rosto e vi meu reflexo refletido. Não conhecia mais o dono daquele rosto! Estava sem vida, amedrontado, e os olhos transpareciam medo. O que havia acontecido comigo? Em que momento passei a não mais ter coragem de enfrentar os meus medos? Não! Bastava! Eu não ia me tornar refém de um relacionamento! Uma coragem gigantesca brotou de dentro de mim. Mesmo sozinha, naquele banheiro, tinha a sensação de que me redescobria dona de mim, dos meus desejos e dos meus anseios. Sequei as lágrimas que ainda escorriam em minha face, retoquei meu batom e saí em disparada pela porta.

Olavo, vendo como eu caminhava firme, foi em minha direção e disse que eu estava chamando atenção. Eu olhei dentro de seus olhos e, desta vez, não mais amedrontada, disse: "Eu não serei o seu brinquedo! Não serei sua refém! Eu vou me refazer e nos meus novos planos não cabe mais você". Quando dei por mim, as palavras não saíram de meio tom, subordinado, acanhado, mas sim em alto som, e as pessoas prestavam atenção em mim. A cor do rosto de Olavo sumiu e eu, finalmente me sentindo inteira, disse a ele que não mais me procurasse. Eu queria de volta minha liberdade.

Ainda algumas vezes, Olavo tentou me procurar e manter o contato. O monstro que eu conheci estava escondido, travestido do príncipe de sorriso bonito. Isso, porém, não mais me enganava. Mantive-me firme e impassível diante dos pedidos dele. Não seria a menina ingênua e dominada, mas sim a mulher forte, dona de si e incapaz de se curvar diante de um relacionamento abusivo. Estava, enfim, dando um grito de liberdade!

*Cada um de nós tem uma história para contar.
Todas merecem se tornar um livro.*

Conheça nossos títulos: www.livrariadalura.com.br